肉體學校

肉体の学校

三島由紀夫

吳季倫 譯

一

同樣離了婚的女人通常會結為知心好友，淺野妙子也擁有幾個境遇相仿的姐妹淘。

在日本，女方離婚時得到的協議結果不若美國那般優渥，幾乎不曾聽過有人拿到龐大的贍養費而成了小富婆。相較之下，妙子和這兩個好姐妹看起來生活自由且經濟寬裕，過著相當享受的日子。

妙子擁有一家洋裁店，川本鈴子開了間餐廳，松井信子的工作則是評論電影與時裝。在第二次世界大戰開戰前，她們都是國內社交圈的名媛。

然而，二戰期間，尚未出閣的這三個女子同樣風評欠佳，以致於日後的離婚看在眾人眼裡並不意外。兵荒馬亂，誰也沒有閒暇留意特定少數人的尋歡作樂；等到戰爭結束，社會陷入一團混亂，她們那段荒唐的歲月隨之淹沒在紛紛擾擾之中。只是，少數當時一同吃喝玩樂的伙伴在戰火餘生之際，也將這三人青春年華的風流韻事說了出來。起初她們還抵死不認，直到被問久了，也就睜隻眼閉隻眼，默認了傳說中的事蹟。

她們的父母急著將行徑荒誕的閨女嫁出門，未經仔細思量的結果就是三個人都沒能當上幸福的新嫁娘。妙子的丈夫不僅無法養家活口，甚至有著令人難以忍受的變態傾向，而鈴子及信子的丈夫同樣相差無幾。她們彼此間一向無話不談，唯獨對前夫的事不曾提過半句。

可以肯定的是，假使日本沒有打了敗仗，這三個女子想必都將繼續頂著某某夫人的頭銜，裝出一副溫良賢淑的面孔吧。

回想起來，作者小時候家裡的每一顆燈泡都只發出微弱的光線，與現在比較起來，整間屋子昏昏暗暗的。就這點而言，窮人家和富人家都一樣。尤其富豪宅邸空間寬敞，屋裡愈發黯淡無光。正如那個時代任何人都無法逃離那股黑暗，這三個女子即使受夠了虛有其表的婚姻生活，也只能告訴自己每一家都是這樣的，湊合著勉強度日了。

所以，我可以斷定，她們離婚的理由源自於日本的戰敗以及民主主義。而那段短暫的婚姻生活，無疑是她們人生中最黑暗的一段時光，令人不寒而慄，連想都不願意想起。

二

她們三人偶爾見面聊天，只是大家工作都忙，乾脆講定每個月固定聚會一次。一月二十六日是她們照例共進晚餐的日子，約好八點在六本木的一家餐廳碰面。

那一天，妙子六點離開洋裁店，先去參加一場雞尾酒會，八點再到餐廳赴約。這場雞尾酒會的主辦人是歐洲某個小國的大使。大使夫人是妙子洋裁店的老主顧，因此她是由大使夫人邀請與會的貴賓。不過妙子心知肚明，平民出身的大使非常仰慕貴族階級，因此一度具有男爵夫人頭銜的妙子，才得以被補列於酒會嘉賓的名冊上。

妙子很喜歡自己在參加雞尾酒會前快速換裝，展示一身與平時截然不同的樣貌。她在洋裁店後方的辦公室裡一邊換上禮服，一邊數落店裡的裁縫師們。

妙子穿上青灰色的泰絲襯衫，以及一襲黑緞滾邊的上等毛料香奈兒套裝，搭配黑珍珠項鍊與手環，並且先套上那雙長度及肘的灰色佩林皮革手套之後，再戴上鑽石戒指。她手挽一只散發銀色金屬光澤的小宴會包，足蹬一雙黑色亮漆的高跟鞋……接著灑上與這身裝扮合襯的黑緞香水，最後裹上一條銀貂毛的圍巾。

妙子的洋裁店位於龍土町，而大使館座落在麻布，至於八點的聚會則約在六本木。三地相距不遠，她今晚只需在這偌小的區塊間移動即可。專屬的司機先將妙子載到大使館，然後將做好的衣服送給兩三位客戶，之後再折返大使館來接妙子。

各國大使館的規模大小不一，這間大使館的建築物原本是一座在戰火中倖存的豪宅，經過一番整修之後成為一棟精緻小巧的大使館，唯獨植著幾棵松樹的門前車道望似氣勢磅礴。

妙子的母親還在世時，經常邀請許多外國人到家裡大開宴會。彼時正值戰時，受邀前來的賓客多數是德國人和義大利人，妙子因而早在十來歲時就已經通曉宴會的繁文縟節。每逢週末，她的母親總是從早到晚待在箱根的別墅裡，用印有家紋的信紙回覆蓄積了一整個星期的來信。

記得大約是十三、四歲的時候，妙子學到了邀請函左下角備註著RSVP的法文縮寫，意思是「即覆為盼」。在妙子成長的過程中，應當具備的常識她一概不知，反倒是諸如此類沒什麼用處的知識她懂得不少。

大使伉儷聯袂站在大廳玄關迎接賓客蒞臨。夫人穿著妙子店裡縫製的佐賀織錦晚宴服。妙子事前知悉夫人今晚會穿這件華麗的禮服，所以刻意穿上低調的灰黑色服裝前來赴宴。

大使夫人平時總是親切喚她「妙子」，但今天晚上迎接她的時候，卻改口尊稱一聲「男爵夫人」。大使很高興地歡迎妙子的到來，那雙細瞇的小眼和往常一樣彷彿睡眼惺忪。妙子對夫人美麗的衣裳讚美了幾句，夫人相當開心，同樣褒賞了妙子。妙子愈想愈覺得這門生意真是奇妙，老王賣瓜般大讚自家販售的商品，竟也能夠博得客人的歡心。

大使夫人向來對自己的肥臀胖腿相當在意。妙子做生意的首要竅門，就是掌握客戶的弱點與自卑感。妙子非常清楚，在外界愈是活躍的女人，對自己身體的缺點就愈不滿意。這一點，日本人和外國人都一樣。

妙子向大使伉儷暫時告退，轉身望向站在略顯昏暗大廳裡的滿室賓客，並且訝異地發覺，絕大多數人她都認識。

只聽見互道「久疏問候」之聲此起彼落。

在二戰前，唯有上流人士才用這句話來寒暄，如今卻被一些酒廊的經理和餐廳的領班大肆濫用，聽在妙子的耳中簡直愚蠢不堪！

「能找來這麼多老古董還真不簡單哪！」

妙子臉上笑靨如花，心中卻充滿不屑。

在場的人士包括研究鳥類的前侯爵伉儷、某位皇室親信伉儷、過去地位尊貴的一對夫婦、曾因狩得老虎而遠近馳名的前伯爵伉儷等等。妙子放眼望去，這些人昔日的醜聞逐一浮現腦海。她真討厭自己怎麼連這種事都牢記在心裡。舉例來說，某一位曾擁有高貴身分的夫人如今仍是風韻猶存，而她的地下情人是另一位頭頂一片濯濯牛山的前任大使。

站在這間二戰前竣工的古典英國建築風格的客廳裡，妙子環視這群人，彷彿時光倒流。假如這場盛宴是由其中某位與會人士舉辦的，倒還說得過去；可是現下卻是由一個出身平民並且仰慕貴族的外國人大肆邀宴，實在是太諷刺了。說得不客氣些，稍後即將供應自助餐點的這場宴會，只不過是個飯局罷了。

然而，每當妙子迎上他們的視線，總是隱約感受到一股惡意。他們對於洋裁店經營有方的妙子，不加掩飾地投以嫉妒又輕蔑的眼光。他們與電影女明星應酬的時候，可以從容自在地鞠躬哈腰，但是見到與自己曾屬相同階級、而今形同叛逃的妙子，卻立刻提高了戒心，並且趕在妙子還來不及露出輕蔑的表情之前，搶先一步採取藐視的態度對她下馬威。

妙子總算明白鈴子和信子厭惡這些傢伙的原因了。她猶如刻意落人話柄，提供茶餘談資似的，傲然走向了一群外國男人。

那群外國男人紛紛昂首挺胸，簇擁著妙子阿諛奉承。

這些傢伙討好女人的手段、話術與紳士風範，非但平庸無奇，更不可以輕易相信。很明顯地，他們一個個都滿心認定日本女人全都經不起這種溫柔的攻勢。

不但如此，這些外國男人像雞皮般呈現半透明血色的、急速老化且骯髒的皮膚，更令妙子作嘔。儘管洋人身材高大、體力充沛、鼻梁高挺、側面線條分明，看在妙子眼裡卻只覺得他們虛弱無力、不堪一擊，所以她對洋人的誘惑向來不為所動。

「不久前，我到奈良和京都看了不少佛像及佛畫，但沒有任何一件讓我感受到性的魅力。從文藝復興之後，我們歐洲的野蠻人已經習慣將性的魅力與美感合而為一了，所以假如沒有感受到性的魅力，我們通常不覺得具有美感。正因為如此，我們認為現代的日本女性擁有絕世之美。」

一個看似修養甚高的年輕金髮男人說了恭維話，可惜這番話也令他的無知暴露無遺。

妙子直勾勾地盯視著這位稱得上美男子的年輕人，暗自忖思：

（就動物性的觀點而言……我們日本的年輕男人要比你們這些洋人更具有動物之美，也就是具有動物獨有的柔軟、彈力，以及面無表情的美感。）

且不說別的，光是看到在這樣的季節裡，外國人高挺白皙的鼻子被冷風一颳，鼻尖頓時變得凍紅的模樣，怎麼樣都稱不上帥氣。他們應該感謝這間客廳開著暖氣。

眼看賓客差不多到齊了，大使與夫人開始到處寒暄。戴著白手套的男侍端著托盤在貴客之間繞行，盤面上盡是盛有威士忌蘇打、馬丁尼、曼哈頓、杜本內、雪莉酒等酒飲的玻璃杯，而身穿和服的女侍則捧著插上牙籤的小點心穿梭來去。

研究鳥類的前侯爵走向了妙子。這位高齡七十五的老人擁有一張只能在新派劇或歌舞伎的老配角身上才看得到的面龐，宛如明治時代的精工木雕一般，只見咽喉處布滿皺紋的蒼白皮膚，鬆垮垮地垂落在舊式剪裁的豎立領口上。

「恕我失禮，請問是淺野先生的千金嗎？」

「不敢當。」

「既是如此，或許妳曾經聽聞，我大學畢業後在學習院教了幾年動物學，那時教過淺野先生，也就是妳父親。妳父親很頑皮，我叫他去搬始祖鳥的骨骼模型，他居然在始祖鳥的頭部綁上一條紅絲帶才拿來。這件事在學習院可是人人皆知呢。」

這樁始祖鳥的趣聞，妙子已經聽這位老先生說過三遍了。老侯爵每回遇到妙子，似乎總以為是第一次見面。

昏暗的客廳裡，一群幽魂的饗宴持續熱鬧舉行。某位官僚那一張極度扁平的面孔像極了古代的貴族，只見他刻意肆無忌憚地直言暢聊，頻頻舉杯牛飲，實在讓人反感。

儘管這裡充斥著珠寶和香水，卻看不到一絲一毫現代的青春與活力，而那恰恰是妙子最喜愛的！話說回來，她真不明白這位大使怎會有這種癖好，特意找來這些奇形怪狀的人舉行這場「幽魂的筵席」呢？

既來之則安之，妙子決定轉換心情，只用做生意的眼光來看待這一切。沒想到心念一轉，原本窮極無聊的晚宴，頓時令妙子兩眼放光——她赫然發現這裡有不少隻肥美的獵物！

妙子打量一下方才經過引見後聊了幾句的纖維公司董事長夫人身上的禮服，發覺她儘管砸了大錢，卻沒能穿出格調來。妙子忖度著當下該如何婉轉給予對方忠告又不傷及自尊，並且利用這股自卑感讓她成為自己店裡的顧客。妙子心裡很清楚，只要能夠巧妙運用這種心理戰術（事實上這根本是她從小就相當嫻熟的一種社交才華），自然可以讓洋裁店日進斗金。

妙子端起一杯杜本內，笑靨如花地向董事長夫人走去。妙子每靠近一步，董事長夫人那襲禮服所無法遮掩的豐腴腰身，在昏暗的燈光下看起來彷彿又大了一圈。

三

她們三人在鋼琴酒吧一落坐，就開始妳一言我一語地聊了起來。

「今天的雞尾酒會如何？」

「糟透了。不過我還是做成了一筆生意。」

見到朋友後，妙子的語氣變得輕佻不少，也呈現出她毫不矯揉造作的美麗。

「戴這玩意真是又悶又熱！」

她粗魯地將鑽戒扔在白色的鋼琴上，用嘴巴啣住手套慢吞吞地扯掉。這時的她忽然感到了醉意。

「妙子，別這樣，手套會沾到口紅的。」

「沾到口紅的手套才誘人呢！」

妙子將長手套隨意摺了幾摺，試圖塞進小宴會包裡，卻怎麼也塞不進去，只好拿在手裡纏到指頭上把玩。她接著伸出右手指擱上白色的鋼琴，猶如撞球桿瞄準色球一般，輕巧地滑移過去把鑽戒勾進手指上。

妙子散發光彩的立體五官，雖然使她看起來比實際年齡的三十九歲還要年輕，可是凜然的眼神與堅毅的嘴角所顯示的風範與威嚴，卻又透出幾分保守的氣質。

從前的男人並不害怕女人具有這樣的特質，但是這年頭的男人只習慣平易近人的女人，有些人因而對妙子產生畏懼。

這種情形和她的鑽戒十分相似。這只三克拉的精美鑽戒是她過世的母親贈與的結婚賀禮，就連戰爭期間徵收貴重財寶時她也想辦法藏匿起來，總算得以留在手邊，可惜的是切割方式已經過時。妙子明白這只戒指具有相當的年代，所以參加酒會時故意戴它出席，如此可以增添自己的風範與威嚴，一方面也能突顯自己保守的氣質。

「妳覺得如何？」信子瞄了一眼正在彈奏的琴師，示意妙子品頭論足。

「和亞蘭・德倫有點像。」妙子回答。

這位皮膚白皙的琴師十分年輕，眼神和多數琴師一樣迷濛，猶如水草擺盪，臉上沒有一絲笑容。

「不過，他自以為長相傲人。我店裡才不用這種人呢。」開餐廳的鈴子說得信誓旦旦。

「琴師喜歡什麼，就送上一份。」

一曲終了，信子鼓掌致意，並喚來男侍吩咐。

然而，即使送了酒過去（信子很想與他遙望舉杯），琴師也只是若有似無地微微點頭，依然連笑臉都不肯給一個。

「妳的這位蕭邦自視甚高哦！」妙子調侃了信子。

之後，三人移到餐座，用只有她們彼此了解的暗語，興高采烈地談論一些不堪入耳的話題。

儘管聊得熱絡，但當她們各自揭開和壁掛月曆尺寸相當的菜單瀏覽時，這三個女人又稍稍端出了威嚴的架勢。在沒有男士為她們點餐的這一刻，她們鮮明地展現出獨立自主的女性樣貌。

「有沒有什麼吃不胖的東西？」

三人中身材曲線最先變形的鈴子問說。信子與鈴子恰成對比，瘦骨如柴。體型穠纖合度的只有熱衷健美體操的妙子。

「妳吃生菜沙拉好了。」

「我要吃酸奶燉牛肉。」

妙子毫無悲憫之心，自顧自點了餐。

「哎呀，大家都來了？出席豐島園[1]的例會嗎？」餐廳老闆過來招呼她們。

「講話真難聽。」

所謂的豐島園，自然是年增園的諧音，是餐廳老闆為這三人的聚會取的名稱。

餐廳老闆姓貝塚，和她們三人都有超過二十年的交情了。妙子結婚前與他曾到箱根單獨出遊，玩過幾天。此外，他和鈴子是同行，這陣子兩人往來頻繁。

貝塚出身名門，大學畢業後做事總是沒定性，在外面是頭面人物的父親唯獨對他束手無策，最後只好出資讓他做有興趣的生意，貝塚這才終於找到了這份再合適不過的天職。

今年四十歲的貝塚是個道道地地的老派公子哥兒，他既不性感，也不強悍，而是憑靠有些過時的溫文儒雅來吸引女性。所幸這種罕見的特質，對於涉世未深的年輕女孩仍具有一定的魅力。即便是盛夏時節，他也總是繫著領帶，並且打定主意終生不穿牛仔褲。實際上，他的年紀也不適合穿那種時髦的服飾了。

他和這三個女人的友誼是純粹講究玩樂，並且不受任何束縛的。他們對自己的風流韻事毫不避諱，互相提供情報，從不談論正經八百的話題，也不再將對方視為異性……可以說，他們已經像是一群躲在壕溝裡插科打諢的老戰友了。

「葡萄酒喝薄酒萊好嗎？」

「可以呀……哎，你先坐下來嘛！少了你，可就聊得不快活嘍！」

「妳們呀，就是缺個男人作陪。」

❶「豐島園」是位於日本東京池袋的一座主題樂園，其日文發音與後文出現的「年增園」相同。「年增」一般指三十五歲至四十歲左右的女人，也就是徐娘半老的意思。此處為作者的諧音巧思。

四

雖不知道評論家的工作，真正重要的究竟是寬容抑或不寬容，總之三人之中，就只有信子儘管言行舉止總是直來直往，可是一旦事情牽涉到自己就裝作一派雲淡風輕，這種清教徒性格其實並不大方。

每當妙子大放厥詞的時候，鈴子向來詫異地張口結舌，而信子往往蹙著眉頭流露出焦躁的表情。

「妳和那個K大的學生怎麼樣了？」

鈴子問了妙子，妙子嫌煩地一把挪開面前的燭台，開口回答：

「那孩子少了野性哪！相處了一陣子，我倒覺得他比較適合信子。那孩子雖然已經和兩三個女人發生過關係，可是腦子裡還留有根深柢固的『貞潔』觀念，把性這檔事看得太重了，惹得我愈來愈煩膩。這種好人家的少爺實在缺乏歷練。」

「同樣身為好人家的少爺，我倍感羞愧。」

「你都這把年紀了，還講什麼家世背景呢。我說的是年輕人哦，聽清楚了，是年・輕・人！」

「是是是，您說得極是。」

「起初他很得意自己征服了我，那模樣挺可愛的，我於是遷就他，讓他以為是這麼回事。可是後來他漸漸不放心，不僅害怕自己，也對我感到畏懼。我討厭這種外強中乾的男孩！一個男子漢必須具有某種粗野的力量，一種在惡劣環境中培育而成的活力！我從這孩子身上深刻體悟到這一點。至於和他的S（那是她們三人提到「性愛」時的暗語），倒還算不錯。他打過橄欖球，體格很好，我厭惡男人的身體有任何一處柔軟的地方，非得要全身硬邦邦的，甚至捶打時還會彈回來才行。你肌肉硬嗎？」

妙子不客氣地抓了抓貝塚裹在西裝袖子底下的手臂。

「簡直像棉花糖嘛！」

「在我懷裡的女人，都覺得像是舒舒服服泡熱水澡一般，她們都很喜歡呢。」

「你只是滿足年輕女孩喜歡受虐的墮落慾望吧。」評論家信子說道。

「我也不曉得那算墮落還是自甘墮落，總之我的身體裡面彷彿具有某種力量……或許有點像土耳其的蘇丹吧。」

妙子一吐為快之後，心情豁然輕鬆不少。每次她把積壓在胸口的悶氣一掃而空的剎那，眼前必然會瞬間出現一片沙漠。

（沙漠……

那代表的不是寂寞、孤獨、虛無，而只是無邊無際的沙漠。當那片沙漠捲向自己時，牙隙和舌上便驟然嘗到沙的味道。

任憑她詳細解釋，甚至聆聽的對象是最知心的摯友，她依然時常擔心對方把自己原原本本陳述的事實，當成是被男人拋棄之後所講的壞話。然而，自己並不是因為這個念頭而導致情緒低落，更可以肯定也絕不是由於年齡的關係。

那僅僅是一片沙漠，除此之外什麼也不是。至於對付的方法，不能拖拖拉拉的，必須趕緊將它一口吞下去。把沙漠吞下去。不然，還有別的辦法嗎？）

妙子端起水紋蕩漾的冷水杯，嚥下了幾片牛肉薄片。

五

接著，鈴子聊起她最近的戀情，貝塚也露骨地談論自己和三個少女同床共枕的經過。信子只浮泛地敘述最近喜歡上的男人，卻迴避提及兩人親密的相處。不過，每回鎖定目標時，她的行動向來是最積極的。

信子講到告一段落時就結束這個話題，談起即將上映的電影幕後花絮，並且一如往常約其他兩人一起去試映會。實際上她們鮮少成行。

三人吃著法式火焰薄餅，已經聊得疲憊，也有了醉意，神情都有些恍惚。當她們察覺自己發懵的樣態，紛紛掏出化妝鏡檢視妝容。這時，貝塚早已去別桌，陪外國客人談話去了。

模樣天真的鈴子張開嘴巴，一面與恐怕會繼續發胖的罪惡感奮戰，一面把燙口而肥美的法式火焰薄餅一片片送進嘴裡。

忽然間，她那雙明眸大眼瞪得更圓，沒來由地冒了一句話：

「不久前，我去了一家人妖❷酒吧喔！」

「這又不稀奇，有什麼好獻寶的。」

「可是那一家開在池袋呢。店名叫什麼來著……對了，那酒吧叫做『風信子』！我剛剛想起來，店裡有個很帥氣的酒保，妙子一定會喜歡的。」

「我才不要在那種人妖酒吧裡的男孩呢！光是聽到就讓人起雞皮疙瘩。」

「但是他身上找不到一絲脂粉氣喔！他站在吧檯裡面的樣子非常有男子氣概，稱得上是男人中的男人呢。話說回來，那家店裡陪酒的服務生都太娘娘腔了，或許是這緣故，把他襯托得格外突出。」

「我再怎麼貪玩，總不至於淪落到去找人妖的地步吧。」

「沒想到妳這麼孤陋寡聞。」信子的口吻有些惡毒，「有些正常的男人也會到那種地方兼差賺錢，尤其以酒保最多。就算在那裡工作，也不一定就是人妖呀。」

妙子覺得頭有些發疼。這兩位朋友描述的另一個不健康的世界，猶如風車旋轉般讓她腦子昏沉沉的。雖然她前夫的性變態無關乎同性戀，卻讓當時年輕的妙子得以窺見原來在世道常軌之外，還有一處黑暗的深淵。那段經歷，造就現在的她每回參加像今晚的雞尾酒會時，總忍不住窺看那些望似雍容爾雅的人士，隱身於其背後的黑暗深淵；而她所渴望的年輕與活力，恰恰必須往盡量遠離這黑暗深淵的方向去找尋。假如弄錯方向，將一切攪成了亂糟糟的，可就不好了。然而……妙子此時對自己渴望的純潔夢想，隱約感到了失望與倦怠。倘若那是黑暗的深淵，那麼她心底的渴望，只不過像一幅薄薄的塑膠畫罷了。

光是年輕和健康，那有什麼意思！……老實說，鈴子的話在妙子的心裡勾起的疑惑，為她帶來了一個新穎而奇特的幻夢，宛如一顆在黑暗深淵的底下散發著真實光芒的太陽；而那些過去她以為是千真萬確於是伸手撫觸的太陽，其實全都是塑膠

❷ 僅為配合呈現作者寫作的時空背景而使用當時的慣用語詞，並無歧視之意，請予理解。

布做出來的偽品。

三個人喝完了一整瓶紅葡萄酒，醺然的醉意，使得白天工作的疲勞猶如渣沫般浮上了她們的面龐。妙子很想直接回家睡覺，又害怕到了家裡，獨自一人往那張大床一躺的剎那立時清醒過來，睡意頓消，因而有些為難。

結果，三人分攤付帳之後一起搭上計程車，由鈴子帶路前往池袋的風信子酒吧。

推門而入，有位男扮女裝、身穿和服的經理立刻迎上前來：

「哎喲，姐姐們，歡迎光臨呀！好討厭哦，您們這幾位真正的大美人一來，簡直讓我們這些冒牌貨的心靈受創嘛。不過我們保證，絕對讓您們玩得盡興，值回三倍票價！……來來來，請裡面坐。」

經理一路喋喋不休，帶她們進入了包廂。走近一看，牆上掛著一幅古典的《帕里斯選美》畫作。在這種店裡掛上這樣的畫作，妙子覺得非常可笑，不知道欣賞的重點到底該擺在帕里斯身上，還是三位女神的身上。幾個聒噪的陪酒男侍同樣穿著女性和服，像一陣風一般捲進了包廂裡，一坐下就忙著遞上毛巾，昏黃的光線加上裊裊菸氣，好半天什麼都看不見了。

其中一個陪酒男侍去櫃臺點餐。這時，鈴子碰了碰妙子的膝頭，以眼神暗示她往那邊看。

妙子望見在吧檯微弱的燈光下，有個只看得到上半身的年輕酒保側身低頭，那張臉龐猶如雕像般輪廓分明。他隨即抬起頭來轉向點餐的男侍，露出了正面。那對英氣逼人的濃眉，以及充滿氣概的神情，確實堪稱世間少見的美男子。

六

妙子耗費了很長一段時間，終於得以和那個年輕酒保到酒吧以外的地方約會了。

妙子本來就喜歡英俊的男人，而那個大家暱稱他阿千的年輕酒保，從長相到身材，無不讓妙子一見鍾情。不過以妙子的年紀，還不至於像個無恥的色情狂朝他撲上去，她心裡多多少少期待著能由他主動邀約，所以希望能給對方足夠的時間來醞釀情緒，最後才水到渠成，與她來一場雲雨之歡。

且不說別的，單是女人獨自一個出入人妖酒吧，就需要很大的勇氣，而這樣的勇氣正是用來鞭策自己掙脫昔日枷鎖的試煉。妙子經常強迫自己趁著深夜，悄悄搭計程車到酒吧去。店裡有個花名叫照子的陪酒男侍與她愈來愈熟。不曉得他是基於親切，還是嫉妒想潑冷水，有一次，他湊向妙子耳邊小聲建議：

「如果姐姐喜歡阿千，可千萬別再猶豫了。這孩子只要出錢就能把他買下，帶出去一晚給個五千圓他就心滿意足了，和誰都願意陪睡。假如擔心以後有麻煩，交給我處理就行，況且我想那孩子應該不會做那種事才對。萬一他當真翻臉，我手中握有足以讓他嚇破膽的東西，您儘管放心就是。像姐姐這種上流人士就是太矜持了，那怎麼行呢！」

按理說，聽了這些背地裡的風言風語，應該會驚訝得瞪大眼睛，可是妙子完全不解這些話為何絲毫沒有影響到自己對他的看法。妙子心想，這表示自己打從一開始就看不起他，如此一來可以安心地繼續玩這場遊戲了。在聽到這番話的那一夜，千吉居然現身在妙子的春夢當中。

自從經常到風信子酒吧後，躲在妙子心裡的煩惱逐漸以各種樣貌出現。她沒想到只不過在生活中藏有一個祕密，彷彿就讓自己充滿了活力。儘管妙子去那家酒吧總是低調再低調，但她又不願意被當成是一般的市井俗婦，所以總是將自己打扮得特別高貴。那些對仕女服飾格外敏感的陪酒男侍對她的裝扮稱讚不已，使得妙子在得意之餘不免提心吊膽，唯恐在不自覺中露出了馬腳。不僅如此，雖說做出這種舉動已然形同不顧顏面，但萬一不巧在那種酒吧裡遇到認識的人，她真怕對方會懷疑她是否渴求愛情以致於墮落至此，說得直白一些，甚至認為她缺男人缺到飢不擇食的地步了，那可就有傷她的尊嚴了。

最後這一點對妙子尤其重要。假如別人是這樣看待她的話，她寧可選擇早早再婚。說到底，妙子之所以能夠享受自由，就是因為有錢又有姿色。她向來不乏追求者，而且要的不是那種對她百般呵護的男人。除了自己青睞的對象，妙子連瞧都不屑多瞧一眼，所以無論如何，絕不願意別人對她有那種誤會。

妙子把照子納為線民，給他不少小費，得到了許多有關千吉的情報。原來千吉擁有R大學的學籍，而父親經營的工廠倒閉後連學費都付不出來，只能帶著他母親和兩個妹妹搬到千葉縣的鄉下躲債。千吉為了籌措自己的學費，想方設法尋找薪水較高的兼差工作，看到刊在報紙上廣告後就到這家店來，很快就成了眾星拱月般的存在，連酒保必備的技能也是後來才學會的。另外，妙子還聽聞他高中時曾練過拳擊。妙子在一次聊談時順口問起：

「阿千，聽說你練過拳擊？」

「算不上正式練習，只是玩玩而已。」

「當過選手嗎？」

「不，沒那麼強。」

「幸好沒再繼續往下練，否則那張俊臉可要遭殃嘍！」

經過一段時間的相處，兩人已經可以像這樣說說笑笑了。

妙子對社會的黑暗面多少了解一些。她心知肚明，說不定看似站在她這邊的照子，其實會在背後對千吉講她的壞話，甚至和千吉一塊嘲笑妙子根本是一隻送上門的肥羊。可是妙子去了幾趟，發現千吉相當沉默寡言，多半只對她微微一笑，始終保持一貫的態度，不像一般的小白臉那樣討好她，這讓妙子十分迷惑，心中產生了種種推測：

推測一，千吉故意以超乎實際年齡的成熟作態來吸引女人。

推測二，這是妙子最期盼的情況，也就是他愛上了自己，但是基於年輕人的害羞，以及覺得自己配不上這種高貴的女人，於是只敢把這份情感深埋在心底。

推測三，他應該不是共產黨員，倘若真的具有這種身分，或許會對上流社會的女人懷有階級性的敵視。

推測四，這是她最不希望的狀況，也就是他雖然擁有無懈可擊的俊美外貌，其實心裡非常討厭女人。

……天馬行空的推測，讓妙子漸漸感到了危機。

以前妙子也曾像這樣胡思亂想過，而這很可能是動了真情的前兆，對於她原本計畫的逢場作戲是項阻礙。或許她該採用照子的建議，儘快拿五千圓換得春宵一度，就此結束，才是明哲保身之道。

七

千吉站在那菸氣瀰漫的吧檯裡，穿著合身的黑底綴金釦的背心，在捲起的衣袖下露出強壯的手臂勤快地做事。想要搭訕的客人多如牛毛，但他向來只簡單回應兩三句。看著他專注工作的模樣，妙子不禁懷疑照子說他願意陪任何人共度一夜，或許是對他的詆毀。

偶爾千吉略做休息，茫然凝視遠方，那對平眉間透露出青春的憂鬱。每一次妙子見到這種情景，總是在心裡將他勾勒成一個承受著沉重的社會壓力、無依無靠的孤單青年。

「你下次什麼時候休假？」

妙子刻意挑了店裡較清閒的時段前來，裝作隨口提起這個從第一天就想提出的問題。

「後天。」

「那天有事嗎？」

「沒有。好久沒去學校了，打算到那裡露個臉。」

「你騙人！」

兩人一起笑了起來。妙子臉上笑容未斂，心裡忖度著後天洋裁店六點關門後，她沒有其他行程。

「一起共進晚餐如何？」

「好啊，……不過，我可不想上那種正襟危坐的地方。如果願意遷就我，那麼很樂意陪您去。」

他的回答這般尖銳，臉上的笑意卻始終如一，顯得有些嚇人。妙子腦中閃過打消主意立刻回家的念頭，但這種充滿刺激的戰慄感正是妙子內心期待千吉的樣貌，只是在她猝不及防的瞬間呈現出來而已。這讓妙子更捨不得離開這裡。

兩人約好後天六點半在千吉挑的一家位於新宿的咖啡廳碰面。妙子沒去過那家店，千吉便在傳票的背面迅速畫上簡略的地圖。看著他那張路線圖畫得又快又好，妙子心裡有些不舒服，但隨即反省自己不該為這種小事嘔氣。

二月二十五日，那個日子終於到臨。明天又是年增園的例會，如果今天發生了什麼事，或者結束了什麼事，應該都將成為妙子明天於例會上的詳細報告事項。

妙子想對千吉的品味做個示範指導，因此當天的穿著比平常更為高貴，特地裹上一條長尾栗鼠毛皮原貌的圍巾。千吉大概不會知道這種乍看像河豚皮的皮草有多麼名貴。不過，戒指倒是挑了便宜的紫水晶，因為難保千吉手腳不乾淨。

為了迎接充滿刺激的那一天，妙子宛如出征的將軍穿上了全套的戎裝，裡面是黑色的連身襯裙，外面是酒紅色的刺繡套裝，搭配克里斯汀・迪奧的玻璃珠項鍊，而鞋子則從以往義大利款式的尖頭鞋，換成皮爾・卡登式樣的圓頭酒紅色鞋。

F咖啡廳室內敞亮，毫無情調可言，即便妙子盡量舉止優雅，但是端著那身裝扮往椅子一坐，實在是一幅滑稽的景象。妙子已經比約定的時間遲到了十五分鐘，沒想到千吉居然比她還晚，她相當懊惱，更對他竟然不假思索挑了一間與她的氣質全然不符的店家而怒火中燒。

（這男人果然配不上我。就算有所不足，還是回頭找那個K大的男孩，才是適合我的男人。）

妙子心裡如此盤算著。連送咖啡來的女服務生毫不掩飾的好奇眼神，也惹怒了妙子。

妙子覺得自己從來沒有這樣難堪過。在她舉辦的春季時裝展示會大獲成功之後，有錢的客戶一天比一天多，她腦中也出現了具體的擴充店面計畫。這樣一位女強人，誰能想像她竟會在這種時間、這種地方等待一個男人呢？就在她開始感到受窘的時候，也愈發肯定正因為自己處在一個充滿奢侈與偽善的環境，所以她更需要來到「另一個世界」作為平衡，使得她在猶豫中沒有立即起身離開。不知道什麼緣故，妙子隱約覺得這是她人生的轉機，假如錯過了這一次，再也無法遇上第二個機會了。

有兩個敞開外套沒扣的中年客人走了進來，在妙子對面的桌位落坐後發現了她，直盯著她看，並且交頭接耳好一陣子才喊來站在牆邊待命的女服務生：

「喂，服務生，來兩杯咖啡！」

這種場面，讓妙子再也撐忍不下去，打算站起來走人了。

恰巧就在此時，千吉進來了。妙子如釋重負地望向千吉，旋即對自己流露出獲救的眼神感到後悔。但她沒有在低落的情緒中沉浸太久，就被千吉趿著木屐的聲響在店裡低矮的天花板中轟然迴盪而感到震驚。

定睛一看，他光著腳板趿上木屐，髒汙的水藍色牛仔褲有些破損，皮革夾克的毛領用的不知是哪種毛皮，夾克的領口隱約可以看見裡面搭配的是一件紅襯衫。

木屐！他居然穿木屐來約會！

從小接受西式教育長大的妙子，從來不曾和腳趿木屐的男人一起走在大街上。她的前夫就連夏天到海邊散步，也會遵守禮儀穿著襪子。

妙子對今日的約會描繪的所有夢想，全都在這一瞬間幻滅了。妙子暗忖，這段關係還沒開始就注定失敗了。千吉往妙子對面的椅子開胯坐下，劈頭就問：

「等很久啦？」

妙子心想，居然好意思問我「等很久啦」，但隨即想起以自己的年齡與身分，如果怒目相向，豈不是被對方當成了小姑娘鬧彆扭，因此盡可能擠出一個優雅的微笑回答：

「才剛來。我也晚到了。」

「我早就猜到了。」

千吉說著，瞄了一眼妙子連一口都還沒喝的咖啡。

妙子在心裡做了決定，既然今天過後就不會再和這個人見面，那麼和他吵架也沒什麼意思，所以有任何委屈都無須說出口。不論千吉的服裝是因為生活貧困，還是生性懶惰，抑或是手頭不方便，反正都輪不到她來置喙，遑論大發慈悲裁製衣服送他穿。

如此換個想法（應該說以她服裝設計師的眼光來打量），千吉其實非常適合這身荒唐的穿著。相較於他在酒吧裡穿上背心的嚴肅模樣，此刻在這家咖啡廳裡，像他這種充滿生活氣息、渾身上下惹人討厭的裝扮，反而要比一身高貴衣裝、卻顯得可笑滑稽的妙子來得搭調。

妙子從來不曾如此近距離觀察這種滿街都是類似裝扮的年輕人。綳緊大腿的牛仔褲，瀟灑率性的皮革夾克，就連高高捲起的衣袖，樣樣都與他俊美的相貌十分合襯，活脫脫像個風俗畫裡的市井小民。更重要的是，千吉的這種面貌，具有妙子從來沒有感受過的低俗的野性魅力。

「肚子餓啦！」

「我們找個地方用餐吧。」

妙子話才出口，就開始發愁了。她總不能帶著趿著木屐的男人走進高級餐館，何況千吉也要求必須遷就他，不能去那種「正襟危坐的地方」。換句話說，能讓妙子感到舒心自在的餐廳全都去不成了。

「好吧，交給你了。但最好找個有包廂可坐下來用餐的地方。」

妙子極力保護她那充滿資產階級思惟的虛榮心，說什麼都不願意讓別人看到他們這兩個不相配的男女一起吃飯。

八

千吉帶妙子去的地方是一家外觀素雅的烤肉串店的二樓。在這之前，他們路過一家朝鮮菜館，千吉本想進去，幸好已經客滿了，妙子得以逃過一劫。他們在這間隱密而溫暖的小包廂落坐，妙子緊繃的情緒頓時鬆懈下來，連方才的怒火和失望都暫時拋諸腦後了。

千吉大口灌飲啤酒，以強健的牙齒不停嚼著烤肝串。妙子覺得他那種吃法真像一頭年輕的獵犬，不過倒不至於讓人覺得噁心。提到動物，妙子此時和千吉之間不再隔著一道吧檯，卻反倒像是越過動物園的欄杆觀察動物生態似的。今晚的千吉猶如一種遙遠卻又真實的存在。

（或許我已經不喜歡這個人了。）

這個想法讓妙子稍微放心下來。

「在包廂裡吃飯還真不錯。不過，上到二樓，會被敲竹槓喔。我可從來沒在二樓吃過飯。」

吃了好一陣子，千吉忽然冒出這段話。

「不要緊的，你不必擔心。」

不知不覺間，妙子在他面前擺出姐姐的豪氣。她原本就擅長仿效西洋仕女露出苦笑的模樣，日本女人鮮少有人會做這種雙眉深鎖、嘴角淺笑的神情，但她將這一瞬間的表情變化掌握得恰到好處。這可是她從前對著鏡子練習了無數次才學會的技巧。妙子非常清楚，如果在上眼瞼刷上淡淡的眼影，能夠將這個表情襯托得更為嬌媚動人。

「啊，妳現在的表情真美，很俏皮喔！」千吉脫口而出。

「是嗎？謝謝。」

氣氛正好，可惜千吉接下來的話題，出現在第一次約會的場合中，簡直糟透了。

「為什麼來我們酒吧的客人都是那副德行呢？女客人也好，男客人也罷，只要來過兩三趟，就開始講些低級的話，只當我是個長得帥、體格好的笨蛋。我配合他們扮傻，結果還真的漸漸變成呆瓜了。呸！人真齷齪，我愈來愈討厭世上的每一個人了。不單這樣，他們動不動就拿錢來使喚人。不過既然要給，我也就收下了。」

妙子靜靜聆聽，因他強烈的語氣感到震懾，但隨即發覺自己的立場有些尷尬。大概沒有人在聽完這段話以後，還有勇氣邀他共赴巫山了。

隔壁樓房的霓虹燈閃閃爍爍，將這面毛玻璃窗映得七彩幻化。千吉倚在窗口，有失禮儀地弓起一條腿，灌下一瓶啤酒後的通紅臉龐俯望著下方，一反常態變得滔滔不絕，像要吐盡心中的塊壘。妙子這時才察覺，她已經錯失開口邀約的時機了。

早前看到千吉穿木屐來的時候，妙子當下認定「這段愛情已經結束了」。明明是妙子先想到該停止往來了，卻來不及開口先發制人。如今，在千吉大發牢騷之後，妙子再也沒有機會講出準備好的說辭，反而是千吉的話語赤裸裸地表示「這段愛情已經結束了」。否則，他怎會對明知道落花有情的女人，說出這番流水無意的話呢？

然而千吉激動的聲音、略帶酒氣的呼息，簡直像一頭被捕獲的野獸，誘發了妙子深深的同情，連方才遭受冷酷的對待也不記得了，心裡漸漸滋生出一股「友情」。

事已至此，再也不必顧慮會破壞氣氛，妙子直視著在啤酒杯泡沫後方千吉的眼睛，單刀直入提出質問：

「所以……你……只要那些客人提出要求，你都陪他們睡過了？」

千吉揚起凌厲的視線，嘴角旋即浮現一抹虛張聲勢的笑意。

「沒錯，睡過啦！管他是六十歲的老頭子，還是六十歲的老太婆，照單全收！」

任何話語都無法形容如此令人憐憫的一刻。

妙子本想緊接著問他：「是為了討生活嗎？」可是，她的教養不允許她這樣逼問。她很遺憾自己缺乏這樣的勇氣。假如千吉明明白白地回答「是為了討生活」，那麼她大可把一切歸咎為社會問題；但如果他的答案不單是為了討生活，還包括自甘墮落，甚至其他性格上的缺陷，恐怕都將使她比現在更為苦惱。

兩人沉默良久，千吉灌下一口又一口啤酒。他把僅剩餘滴的啤酒瓶當成搖酒器，伸出另一隻手掌捂住瓶口後使勁一甩，笑著出示沾上酒沫的手掌給妙子看。

然後，千吉往榻榻米躺了下去。妙子望過去，隔壁樓房千變萬化的霓虹燈光映在千吉的睡容上，她也斜倚著桌邊（妙子此時竟也有了幾分醉意）湊向他，如同從橋上低頭看著昏暗的河面，俯視著千吉閉上眼睛的容顏。

千吉的臉上沒有任何表情，但一行清淚忽然從眼尾流了下來，一路淌至鬢角。

那淚水十分晶瑩剔透，幾乎不像淚水。妙子突然伸出食指的指尖沾了沾那道水痕，摁在唇上嘗了嘗。隱約的鹹味證明那的確是眼淚。

這若有似無的輕觸驚醒了千吉，他猛然睜開眼睛起身，雙手抵在榻榻米上，一臉嚴肅地瞪著妙子。

千吉的眼白似乎泛著青光，使妙子不寒而慄，還來不及反應，已被他緊緊抱住擁吻了。妙子從沒感受過如此絕望，又如此甜美的吻。她用力揪住千吉後腦勺抹了油的濃髮，讓他牢牢貼向自己的唇。

九

他們只有接吻而已。

之後，兩人之間產生了正向的共鳴，相處起來自在愉快多了。他們也不再提起那些陰鬱的話題，隨心所欲聊天說笑，食慾大開。最後由妙子結帳，相偕離開了烤肉串店。

因為千吉腳上的木屐，兩人沒辦法去跳舞了。

他們在冬日的夜街上悠哉閒逛，往歌舞伎町的方向走去。這一切對妙子都是新奇的經歷，讓她覺得有意思極了。她多希望這麼特別的一個晚上，能夠在此時此刻劃下美好的句點。

可惜的是，妙子很快就發現，她以為和千吉之間的共鳴與默契，只不過是美麗的錯覺罷了。

兩人並肩而行，千吉自始至終不發一語，連說一句「我們去那裡吧」，或是問一聲「妳想去哪裡」都沒有。

當他們來到歌舞伎町的駒劇場的轉角時，千吉進了一家名為Gun Corner的美式室內射擊遊戲間。瞧他一派輕鬆，彷彿忘了自己的身邊還有一位女伴。

不過，即便只花費少少的金額，他總要旁邊的妙子馬上幫忙付帳。

他待在這裡玩了十五分鐘左右後，扔下一句「還是到常去的小鋼珠店比較好玩」，就打算走向隔了兩三家店面的大型小鋼珠店了。

兩人站在充斥著嘩啦嘩啦響聲與擴音器播放軍艦進行曲的店門前，起了小小的爭執。

「那種店等你自己一個人的時候再去玩就好了呀！」

為了與噪音抗衡，兩人講話的聲量都提高了不少。

「不要這樣說啦，和我一起打小鋼珠嘛！」

「可是我……」

「別擺出一副高高在上的樣子啦！」

在小鋼珠店的燈光下，妙子那條長尾栗鼠的毛皮圍巾看起來就跟河豚皮沒有兩樣。

「但這是男人玩的東西呀！」

「打小鋼珠哪還分男女！只要打進洞裡，珠子就會叮啷噹啷滾出來……喂，怎麼啦，臉色那麼難看？」

「是燈光的緣故吧。我們到附近喝杯茶好嗎？之後就隨你一個人慢慢玩個盡興。」

「我說不要就是不要！」

「那麼，我在外面等你吧。」

「悉聽尊便。」

妙子又憋著一肚子悶氣，站在小鋼珠店門口努力抵禦著推來擠去的人潮。她不時探頭望向店內，只見千吉俊美的側臉專心致志地打著珠子，真不知要玩到什麼時候。

妙子從來沒有受過這種氣，向來都是別人等她；但即使讓人等候，她也不曾這樣失禮地怠慢對方。

她因羞恥而心浮氣躁，在寒風中瑟縮著脖頸。正當她思索萬一遇到熟人該怎麼敷衍時，肩膀突然被拍了一下。轉頭一看，一個年約三十的男人用很沙啞的聲音興沖沖地問了她：

「喂，可以陪睡吧？」

妙子甩開他搭在肩上的手，衝進小鋼珠店，腦中邊跑邊閃過「自己居然被誤認成妓女」的新鮮念頭。極度的憤怒交織著令人戰慄的快感，使她的心臟怦怦直跳。不過她不打算把這件事告訴千吉，因為他一定會以為是她懷著惡意所編出來的笑話。

店裡不算擁擠，妙子站在千吉旁邊，打量著專心打小鋼珠的千吉，懷疑他真是方才與自己接吻的同一個男人嗎？他這種漠不關心的樣子，不像是裝出來的。挺拔的站姿及英俊的側面，就和關在動物園柵欄裡的動物一樣純真，和妙子接觸過的所有人完全不同，簡直像是來自另一個空間的人種，愈看愈讓她嘖嘖稱奇。

「妳來啦？」

千吉頭也不回地說著，抓起一把珠子塞進了妙子戴著佩林手套的掌心。

妙子生平第一次嘗試玩小鋼珠，可惜每一顆珠子都沿著釘子之間滑落，千吉給的珠子不到轉眼工夫就用完了。

「那麼，我先回去了，再見。現在已經曉得我完全沒有玩小鋼珠的才華了。」

「再加油一下就好了嘛。」

「不用了。今晚玩得很愉快。那麼，下回見。」

千吉帶著漫不經心的微笑，終於轉過來看了她一眼。在小鋼珠店裡明亮如晝的照明下，這一剎那美得令人屏息。

（這樣就夠了。）

妙子咀嚼著分外冷淡的滿足感，拿出勇氣立刻離開這裡。

（到此結束。）

妙子快步走出店外，在人群中穿梭奔跑。

路邊明明有好幾輛沒載人的計程車，她卻想盡可能走得愈遠愈好。

（到此結束。）

突然間，在這華燈初上的喧鬧街頭，她確切地感受到千吉隱身其間。就在霓虹燈、擴音器的音樂與汽車喇叭聲的那一邊，有一家亮晃晃的小鋼珠店，店裡有一個孤單的俊美年輕人正心無旁騖地面對一台冰冷的機器。那一幕空虛的影像震懾了妙子。在他的孤獨和她的孤獨之間，有一道再也無法跨越的鴻溝愈裂愈寬，而社會上紛紜雜沓的漂流物迅即填滿了這道鴻溝。在毫無用處卻又堆積如山的人類、建築與商品當中，千吉的面孔只成了一個小點，想必很快就再也無法辨識出來了——除非他殺了人，相片被刊登在報紙的社會新聞版上！

妙子眼見腳下的那道鴻溝正持續崩裂，她沒有信心還能夠堅持多久。她從來不曾像今晚這樣感覺與世隔絕，只剩下自己一個孤伶伶的。

更重要的是，那個吻！妙子清清楚楚記得，她的唇，嘗到了任何男人的唇都不曾出現的灰暗，想要忘記幾乎是不可能的。假如從此不再相見，那將成為最難以捱受的記憶，永遠折磨著她的心。

妙子立刻回頭了。

由於擔心千吉已經離開小鋼珠店，她焦急地小跑趕路。……當她從店外看到依然保持同樣姿勢的千吉時，強烈地感受到一種難以言喻的幸福。

「我回來了。」

「唔。」

「忘了問你一件事。下次什麼時候休假？」

「三月的第一個星期三，好像是六號吧。」

「要不要約同樣的時間見面？就在同一家店。」

「喔，好啊。」

「下回一起去跳舞吧。」

「嗯。」

十

隔天，年增園的例會，妙子不想被她們問起千吉的事，於是藉口突然身體不舒服，沒有參加。

在三月六號來臨前的每一天，妙子只埋首工作，那些無關緊要的交際應酬一概回絕。現在這段時間，她必須讓自己的心靜下來，像蓄水池裡的水一樣波平如鏡。

六號約會的那天，妙子穿上陳舊的裙子、套上女詩人風格的胭脂色高領毛衣，再翻箱倒櫃掏出一件已經退流行、原本打算送人的駱駝毛外套，頭髮也故意隨興披散。這一切煞費苦心，為的是配合穿牛仔褲的情人。忙著打理這身裝扮，讓她遲到了整整二十分鐘。

由於咖啡廳十分明亮，一眼就能看盡店裡的顧客。千吉還沒來。妙子難過地心想，他也許是刻意失約，或者忘了這個約會。

這時，店的另一頭有位紳士從背對這邊斜放的椅子站起身來，朝妙子喊了一聲：

「嘿！」

居然是一身完美西裝的千吉！妙子只看一眼就能分辨出那套深褐色的帥氣格紋三件式西裝來自英國，並且配上品味出色的義大利風格領帶、鋥亮的皮鞋，以及放在胸前口袋的純白色袋巾……妙子愣在原地，好半晌說不出話來。

十一

千吉到底是怎麼變出這套帥氣西裝來的呢？總不會是租借的吧。西裝不僅剪裁合身，即使在妙子專業的眼光審視下，亦算得上相當得體。儘管格調典雅，但也因此愈發襯托他青春洋溢的面貌。但那並不屬於富家公子孱弱無力的上流風格，反而隱約散發出野性的氣息。正是最後這一點，使他看起來絕對不像一個呆板的人形模特兒。

訝異之餘，妙子很快恢復了鎮定，發出愉悅的讚嘆：

「哎喲……今天怎麼了……這身西裝挺適合的嘛……瀟灑極了……太令人意外了！你真是難以捉摸。」

妙子覺得「被他將了一軍」，深深感到自己今天穿得太寒酸了。她絞盡腦汁的這身寒酸的裝扮，豈料又在千吉面前淪為滑稽。

「妳今天也很俏皮喔。」

隱藏在千吉這句話背後壞心眼的洋洋得意，惹得妙子有些惱怒。不過，她從沒聽過千吉用這種語氣講話，有點像是男人體貼地安慰女人。

「別站著，坐下來嘛。」

妙子這才發現，自己一直站在原地。

坐定後她才察覺，店裡的五、六個顧客都盯著他們瞧，但這回妙子一點也不在意別人的視線了。因為她已經被精心打扮的千吉出眾的外表給迷得神魂顛倒了。

畢竟妙子是在上流家庭長大的，只能在男人穿著合宜西裝時，才有辦法判斷對方是否具有男性魅力。更何況一般富家公子，只要從他穿戴物件的品味，就能估算出他向家裡領了多少零用錢，但穿上這身正式衣裝的千吉卻像個謎團，對妙子具有一股危險的吸引力。

「可是，這下該怎麼辦呢？我今晚穿成這樣，哪裡也去不成。可以等我回去換套衣服嗎？」

「別擔心，這樣就好了。只要對自己有信心，沒有去不了的地方！」

「嗯，說得也是……那就這樣吧。」

妙子只是半開玩笑地虛張聲勢，但也弄假成真地有了勇氣。她忖想，等下到了夜總會，那位熟識的男領班看到她這副模樣恐怕會瞪大眼睛，不過可能馬上猜測她是一時興起才故意穿成這樣的。況且那地方除非女士穿的是長褲，否則不至於被拒於門外，說不定其他女人還誤以為這是最時髦的造型，之後爭相仿效呢。

於是，妙子這時反倒動了惡作劇的念頭，想要報復千吉，讓他不知所措。她甚至好整以暇地對他說：

「今晚換你還就我嘍。」

十二

令妙子驚訝的是，當她帶著千吉進了一家高雅的法國餐廳並將菜單拿給千吉，他竟然正確無誤地點了餐。妙子對他說：

「你這個壞蛋，明明什麼都懂，卻裝作一副不知道的模樣。」

千吉聽完，擺出獻醜了的神情，但接下來的解釋讓妙子大為吃驚：

「因為池袋的酒吧也來了很多外國客人嘛。他們帶我去了不少餐廳，我也就跟著學了一些。這種小事也不值得拿出來炫耀。」

用完餐，他們來到夜總會，舞台上正在表演西班牙舞。領舞的舞者已經禿了頭，只見他甩動著稀疏的髮絲，踩踏著精彩的佛朗明哥舞步。千吉觀賞表演時，態度相當倨傲。從旁人看來，這位年輕人一身高尚的服裝，板著面孔，從他肉體散發出來的氣勢不言可喻。

妙子悄悄觀察他，心想這個人雖是小白臉，卻還保有自己的尊嚴。

妙子認識的那些社會地位崇高的男人，當然也都有符合其身分的尊嚴，但那些肉體已經走下坡的男人所擁有的頂多是社會性的尊嚴或知識性的威嚴，並且多半是隱藏在為人處世的謙虛抑或傲慢之中，而絕不像千吉是由其肉體本身散發出來的不羈。千吉睥睨一切，當然有一部分可能基於年輕氣盛，但舉凡美麗而強壯的動物，看到醜陋又孱弱的動物時，總是自然而然顯現出輕蔑不屑。無須贅言，這種眼神是社會上老一輩的長者最討厭看到的。

（等到相熟以後，得特別提醒他別露出這種眼神才行。）

妙子倏然驚覺，自己居然開始為他操起心來了。

她推薦千吉點用墨西哥的龍舌蘭酒，再為自己選了君度橙酒。

妙子教他墨西哥人傳統的飲用方式：把檸檬片和鹽擱在拇指與食指圈起來的虎口上，舔一口後把酒一飲而盡。她親手掰彎千吉粗糙的手指教他怎麼擺，但千吉存心逗她，連小寶寶都學得會的手勢都故意做錯，使勁豎起拇指將妙子纖細柔嫩的手指頂開。兩人手指的一番交纏，讓妙子的胸口彷彿遠遠地響起了一陣雷鳴。

兩人同樣喝著無色透明的酒。看起來雖然都像蒸餾水，但是龍舌蘭酒熾似烈火，而君度橙酒則甜如糖蜜。

「龍舌蘭酒好喝嗎？」

「好喝。」千吉舔著沾在手指下方的鹽粒回答。

「喝過君度橙酒嗎？」

「沒喝過。」

不會有客人在三流的酒吧點那種酒，因此酒保也不需要知道這種酒的味道。妙子很渴望再嘗到千吉的唇，因此將自己的酒杯遞過去讓他也試一口。

「噁！有藥味又太甜了，我受不了這種酒！」

「別擠出那副苦瓜臉嘛。你就是嘴巴不夠甜，所以得補充一下。」

舞蹈表演結束了，兩人起身去跳舞。踏進舞池前，妙子再次對身上的高領毛衣感到尷尬，只好強迫催眠自己是一個奇特的女詩人——穿高領毛衣有什麼好奇怪的！她聽別人說，葛麗泰．嘉寶時常穿上灰鼠色的毛衣，不管去哪裡都從不畏畏縮縮。

妙子第一次被千吉摟在懷裡跳舞。

平常和別人擁舞時的感覺，彷彿走進一個溫暖的房間，又像被輕飄飄的東西圍裹全身，而那種感覺是妙子最討厭的；但是被千吉摟在懷裡跳舞時的感覺，卻宛如被放在一種榨油用的古老又堅硬的木製農具上面似的。那種感覺不是溫柔體貼，而是一股攻擊與輕蔑的力量十分鮮明地傳遞過來，連一絲一毫的憐香惜玉都找不到。他堅實的大腿，冰冷無情地朝妙子柔嫩的玉腿欺壓過來。

妙子湊向千吉的耳畔，央求更用力抱緊她，千吉於是在手上使了勁。妙子時而貼上他滾燙的面頰，時而分開……那感覺彷彿在舒服的醺然中，兩人躺在夏日的草地上，千吉拔了根小草輕撓著妙子的臉龐。昏暗的夜總會舞池立時變成了夏天的草原，綠草熱烘烘的，而包覆在英國布料西服底下的千吉肉體，散發出盛夏午後草葉的熱氣……

（那並不是沙漠。那絕對不是沙漠！）

妙子對這種幸福的感受覺得可笑，心想大概是醉了，但以往即使喝醉也不曾感覺到幸福，並且是第一次感受到那麼鮮明的幸福，鮮明得和棋盤上直橫交錯的格線一樣清清楚楚，沒有一絲曖昧模糊。

妙子想更加鮮明地感受這種幸福，於是從千吉的懷裡抽回自己的手，不由分說地用手掌捧起千吉的面頰，在心底呢喃：

（他的臉就在這裡！真真實實地在我的掌心！）

千吉微露半分笑意，只用透著冷酷的清澈黑眸直視著妙子的臉。妙子像盲人摸索似的，手指探向千吉的下唇，輕輕撫過。他的唇瓣微微撥開，隱約露出了像雪白獵犬般的皓齒。

妙子從來沒有講過這句話，但這時候她卻一連講了不知道三次還是四次——我愛你，我愛你，我愛你。

十三

妙子發現有個與身穿白色洋裝的舞女共舞的老年人，頻頻望向這邊。

他的身高僅及舞女的下巴，一襲老式的西裝，跳著傳統的英國舞步，那張如木雕般的面孔露出了木雕般的微笑，朝妙子抬起手指點了點當作打招呼。原來是以研究鳥類聞名的前侯爵。

這個問候讓妙子頓時亂了舞步，拉著千吉回到座位。不久，侯爵也和舞伴走回座位。這時妙子才察覺，原來侯爵的椅子恰巧與她背對背。

在進入舞池前，妙子完全沒有留意後方那桌客人的交談，現下卻每一個字都聽得清晰無比。那是一群土包子暴發戶湊在一起舉行一場低俗的聚會。妙子起初不懂一位研究鳥類、隱居已久的前侯爵為何會出席這樣的場合，從他們的談話中才逐漸明白，原來是侯爵故鄉的幾位頭面人物一同宴請這位昔日的諸侯主公。

「哎，主公果然寶刀未老！您的舞姿真是高尚又高雅，和咱們完全不一樣哩！喂，咱說你們這幾個啊，會跳貼面舞就覺得自己很行了吧？看清楚了，主公跳的才叫真正道地的舞步咧！你們可得牢牢記住！」

「各位老爺稱的這位主公，以前是舞蹈老師嗎？」

「真是愚笨！主公，這年頭的女人實在太愚笨了啊。要是早些時候，就得被拖出去砍頭啦！」

「呵呵，這麼美的臉蛋才不會被砍呢。倒不如剁下來做成標本，和天堂鳥的標本擺在一起，看起來才美觀哪！」

妙子從老侯爵這番驚悚的笑談中，聽出了他拚命招架的無奈，不由得感到毛骨森然。在這樣的時刻，她也開始懷疑自己從千吉身上感受到是否是真正的幸福，心情愈發沮喪。

那幾個暴發戶過去的身分很可能連家臣都不是，而是連拜見諸侯主公都不夠資格的賤民子孫。這件事本身沒有任何問題，問題出在為什麼這些人要極盡所能，百般戲弄往昔的主公呢？難道是藉此為世世代代的祖先一吐階級歧視的怨氣嗎？再者，無論前侯爵是否知情，竟然願意出席這樣的聚會就為了來扮演小丑，他的想法委實令人費解。……不對，或許侯爵早已拋棄了尊嚴，只因為能夠不花分毫就進入這家從沒來過的豪華夜總會開開眼界，而喜不自勝罷了。

妙子朝看著另一個方向的千吉側臉投去一瞥，幻想著那雙黑眸充滿了蔑視自己的憤怒。相形之下，那群暴發戶把主公玩弄於股掌之上的天真作為，或許稱得上沒有惡意了。可能是受到在這意外的場合遇到前侯爵的影響，妙子早在多年前親手拋棄的自尊心，此刻竟開始隱隱作痛。妙子明知道自己有嚴重的被害妄想症，仍然忍不住猜測千吉這時候的想法：

（妳這臭婆娘，有啥好囂張的！說穿了不過是個色情狂，還裝出一副不可高攀的德行！表面上拚命討好我，其實只是打算把我當成滿足性慾的工具而已！那張假裝客氣而滿布皺紋的臉上，清清楚楚寫著高傲二字！等著瞧吧，我非讓妳不顧顏面，抱著我長滿濃毛的小腿哭求我不要丟下妳……）

妙子如此想像著對方的惡意，激發了自己的鬥志。

（假如那就是你的打算，我也不甘示弱！我會和你共度一宵，然後甩你一張五千圓鈔票把你趕出門！）

儘管心裡這樣決定，但千吉出眾的外貌實在難得一見。男子氣概中透著幾分撒嬌，既桀敖又孤獨，妙子久久無法從他的側臉抽離視線。她說服自己已經累了，不再堅持奮戰下去，倦懶地起身對千吉說：

「我們來跳舞吧！」

十四

兩人走出夜總會，在夜風中等候門房叫車的時候依偎在一起取暖，低聲交談了一兩句。

「可以吧？」

妙子沒有作聲，只點了頭。她很高興這句話是從千吉口中說出來的。千吉接著問：

「去哪裡？」

妙子猶豫著是否該帶這個不知底細的年輕人回到自己的公寓。但她不想讓千吉識破心裡的遲疑，因而趕緊回答：

「澀谷。」

那裡有一家川本鈴子常去的賓館，鈴子很早以前就向她提過，只是妙子從來沒去過。其實，「從來沒去過」這句話有語病，因為小時候她去那地方玩過兩三趟。那裡是二戰前某個財閥家族的一處宅邸，如今經過重新裝潢，成為會員制的賓館，聽說一些電影明星之類的名人常來這裡投宿。

當計程車駛過澀谷車站時，妙子開口說：

「我不太記得路線了，不曉得能不能找得到。」

「不必假裝是第一次上那地方啦！」

「好討厭喔……路我真的不熟嘛。」

妙子本想告訴他，小時候曾經去過那裡，可是隨即想到這樣會暴露自己的階級地位，於是作罷。

事實上，妙子是個路痴，加上現在已是深夜，她指揮司機在神山町一帶東繞西繞，最後成功抵達，幾乎可以說是奇蹟了。更何況這家賓館連個霓虹廣告燈箱招牌都沒有，只釘了一小塊刻著俱樂部名稱的銅片而已。車子停下，妙子與千吉一起下車，映入她眼簾的是一幢古雅的西式建築，門前還有鋪設碎石子的車道。這片夜景喚醒了妙子的兒時回憶。

很久、很久以前，妙子的確來過這裡。她記得車子穿過那座大門後，母親牽著妙子的小手下車，站在玄關的情景。不曉得母親那時究竟為何而來。當時，淺野家的家道逐漸敗落，會不會是來借錢的呢？母親帶著女兒一起來，是為了掩飾尷尬嗎？印象中，大人開始談正事時，妙子就被趕出客廳，和這家的小孩一起在兒童房玩耍了。

妙子挽著千吉走在車道上，好似正要造訪自己遙遠的往昔。那是冰冷、講究排場、黑暗，然而輝煌燦爛的往昔。

賓館每一扇窗映出的昏黃燈光引人遐思。玄關上方的陽台圍著鑄鐵欄杆，屋裡彷彿有著年輕時的父母、仍是少年的妙子前夫、氣色蒼白的堂兄弟們以及許多親戚，眾人全在一群畢恭畢敬且穩重得體的僕役細心伺候下生活著，並在講究禮儀的靜肅氣氛下享用每天的晚餐。

「妙子小姐，麻煩將鹽罐遞過來。……非常感激。」

「今日上學有何見聞？」

「千篇一律！」

「妙子小姐，不可以用那種男士的語氣說話。」

妙子倏然感到一陣美妙的歡愉。自己正在踐踏往昔，並且就在今晚將往昔一腳踢開。這是何等的冒瀆！妙子穿著高領毛衣和粗布裙子，與年輕的小白臉挽著手，抬起沾滿爛泥的腳用力踩踏進去。

「什麼嘛，簡直像鬼屋！」

千吉開心的叫嚷使得妙子更加興奮。

「真的很糟糕，路面菸蒂散落，樹葉布滿灰塵，一定從來不曾打掃！」

「也就是說，再適合我們不過了！」

什麼都不知道的千吉語氣十分開朗。

妙子摁了門鈴，走出一個看似幫傭的女子。在告知介紹人鈴子的姓名後，兩人旋即被帶往二樓的一個房間。開燈一看，這間大約十張榻榻米大小的西式套房，讓妙子頓時幻滅。從窗簾到家具統統與建築物的風格互不搭襯，放眼看去盡是廉價的美式物件，角落甚至擺放了亮晶晶的不鏽鋼廚具。

「浴室在這裡。」

領路的女子得意地展示一座和垃圾箱一般大的浴槽，浴槽的表面用粉紅與白色的磁磚交錯貼成格狀花樣。

十五

暫且不論對象的良莠，眼下這種情況，妙子其實有過幾次經驗了。她最怕的就是不慎懷孕，因而不得不提醒男方當心，難就難在應該選什麼時機說出口。這問題愈想愈尷尬，妙子覺得麻煩，向來乾脆一進門就把話挑明了講。沒想到千吉的回答出乎她的意外。

「是哦？可是我沒帶那玩意呀！」

妙子有點生氣，連不該講的話都脫口而出了。

「喲，沒想到你居然這麼外行？」

千吉不發一語。妙子立刻察覺到他的沉默恐怕會引來危機，只好一咬牙，採取了果敢但低俗的舉動。

「那麼，請用這個吧。」

妙子由手提包裡掏出一個物件，豪氣地扔到床上。千吉慢條斯理走過去撿起來。

「沒想到妳準備得這麼周到，真讓人驚訝，簡直就和專做駐日美軍生意的私娼沒兩樣嘛。」

他們兩人從一開始相處就像這樣彼此傷害。可是，人心真奇妙，愈是彼此傷害，愈是加速了兩顆心的靠近。妙子一方面對這種差勁的唇槍舌戰有些錯愕、有些生氣、有些厭惡，但心底又感受著一股足以抵禦一切傷害的甜美暗潮，汩汩溢流。

這種低俗的唇槍舌戰就像平庸的音樂，竟讓妙子感覺到宛如鞭打所帶來的些許亢奮。妙子耽溺在小鋼珠店前被誤當成妓女的回憶裡。她想像著自己是個買男人的妓女。

兩人相互瞪視著對方，脫下身上的衣物。

不過，妙子一面脫衣一面觀察千吉。若是千吉脫下的時候，細心將上等的西裝掛上衣架，每一件外出服都擺放整齊，那麼所有的想像都將幻滅無蹤。幸好他正是妙子心目中的完美男人。只見他甩掉領帶，踢掉襪子，外套和褲子也只是隨手擱在椅背上。

千吉全身上下一絲不掛。褐色的裸體朝氣蓬勃又清爽潔淨，肌肉平滑隆起而沒有虯曲的青筋，比他穿上衣服的時候還要俊美不止數倍。

赤裸的千吉將站在原地的妙子摟進懷裡。千吉冰冷而粗糙的手掌滑進了她長襯衣的肩帶底下。妙子全身汗毛直豎，享受著絕頂顫慄的快感。

「什麼都不必說，什麼都不要說。」

妙子說著，伸手捂住了千吉的嘴。以千吉的個性，應該不至於說出那種話，但妙子不希望在這種時刻聽到假惺惺的讚美。

千吉粗糙的掌心從妙子的上背滑落到後腰。妙子雖然渴望親吻，但在和他親吻時心裡仍反覆唸著一句咒語：

（他是骯髒的！他是骯髒的！）

每唸一句，他的肌膚就愈來愈乾淨。妙子感覺自己從來沒有遇過這麼潔淨的男人。

兩人擁抱著，慢慢倒在床上。

整個過程在幾近不可思議的優雅中揭開了序幕。任何一個教養良好的年輕人，都無法擁有那種彙集了千吉身上的一切所散發出來的肉體優雅。一開始，妙子強自鎮定，試圖與過去的諸多記憶片段對照評判。漸漸地，她顧不上做比較了。直到她到達某個轉折點的剎那，所有的比較全都化為空白了。

十六

「你之前說你幾歲了？」

兩人如同湖面一般，安安靜靜地休息了一段時間之後，妙子問了他。

「二十一。」

「世上哪個二十一歲的人有你這份能耐？簡直是怪物！」

「嘻嘻！」

千吉滿足地呼出輕飄飄的菸圈。

「我說……」

「嗯？」

「說說看，你最喜歡的是什麼？」

千吉濃眉緊蹙，凝視天花板半晌才開口：

「錢。」

「那麼，最想成為什麼樣的人？」

「大富翁。」

妙子在微暗中發出了笑聲。

「這想法還真浪漫。」

千吉似乎思索了片刻，但怎麼想都沒有答案，於是像個小孩，乖巧地反問妙子，只是語氣中聽得出嚴肅。

「那是什麼意思？」

「我的意思是，把世間的一切都用錢來衡量，這種想法很浪漫。」

「有錢的傢伙才會講那種話。」

「才不是呢。……算了，繼續爭辯也沒有好處……」

千吉想了一會兒，轉過頭來給了她一個輕吻，像個小孩向大人討糖果吃似的，催著妙子往下講。

「那麼，我反過來問你，你在用功讀書之後飛黃騰達變成大人物，對有肉體關係以外的人也可以傲慢無禮——難道你從來沒有想過成為這種逍遙自在的庸俗之人嗎？還是你早就死了這條心？」

「妳現在是換回道貌岸然的面孔在對我說教嗎？」

「別像個待在少年觀護所裡面的孩子那樣鬧彆扭，你已經不是青少年了！」

「哇，講話真毒！」

「有錢固然好，但光是坐擁金山銀山，未免太乏味了。小男生，聽好嘍，你得當個滿身銅臭味的庸俗之人！」

「我看起來一點都不像庸俗之人嗎？」

「你這模樣看起來像個詩人。」

「是哦，真意外。第一次有人這樣形容我。……像個詩人……嘻嘻！」

「就是個詩人沒錯呀！英俊的面孔、結實的體魄、性能力、夢想財富，還有拚命想像自己具有男子氣概。如何？全被我說中了吧？……這就是詩人的生活樣貌，沒有女人不喜歡的。」

「所以嘍，只要妳高興不就得了？」

「所言極是。」

說完，兩人同時緘默無語。

十七

早晨。

妙子揭開窗簾，冬日的陽光灑了進來。那晨光實在太美麗，她忽然擔憂起膚況如何，趕緊奔到三面鏡前面檢視。千吉依舊睡得香甜。

望著鏡中的自己，妙子驚訝地發現今天早上皮膚竟然變得飽滿發亮，宛如回到了十八歲的少女。

雖然睡眠不足，但眼睛依然熠熠閃亮；或許是心理因素作祟，眼袋竟在一夜之間消失無影。她幾乎捨不得在這麼明豔動人的皮膚上化妝。不過，最後妙子還是趁著千吉醒來前去洗了澡，然後花了很多時間仔細上了妝。

等了很久，千吉還沒起床。妙子只要在十一點左右到店裡就可以。儘管時間還很充裕，但她想和千吉多聊幾句。妙子久久望著千吉的睡容，打算用一個吻來喚醒他。

他酣睡的臉上有著長長的睫毛和微開的嘴唇，竟然流露出幾分稚氣。千吉絕不希望被人發現他的這一面。妙子凝視著這張臉龐，難以想像只是過了一夜，自己就被這個男孩給徹徹底底收服了。

為了更進一步細看他的睡容，她無情地把窗簾拉開到底，讓晨光直射在他的臉上。他被刺眼的光線曬得皺了眉頭，表情有些抗拒。在朝陽的照耀下，臉上泛出的青春油光使他的面容如同黃金浮雕一般晶燦閃亮。

妙子用力吻他，把他的臉重重壓進了枕頭裡。他先睜開一隻眼睛，再睜開另一隻，狠狠瞪著她說：

「別這樣，我還想睡啦……」

臨走前，妙子把裝了三萬圓的錢包寄放在千吉那裡。

「你來付錢吧，女人付錢不好看。」

「好啊。」

千吉隨手摁了傳喚鈴叫來女傭，要她送來帳單，從容自若付了錢。等女傭離開後，他就把錢包扔回給妙子。

「不要嗎？全都給你呀！」

妙子捏著錢包的一角晃了晃。

「我才不要哩！」

千吉語氣非常堅絕。

「為什麼？」

「昨晚我也一樣享受。」

「拒絕的話，有損你的魅力喔。」

「要妳管！」

第一次見到千吉露出了怒氣，妙子覺得非常滿足。

「那麼，做椿買賣吧。我想用這筆錢買個東西，願意賣我嗎？」

「我可不讓人家包養！」

「就憑你的身體，就算求我也不買！我只想知道你的住址、電話號碼，還有下次哪一天休假……願意賣給我嗎？」

「好，成交！」

千吉答應了這樁買賣，收下了約莫兩萬五千圓。

十八

年增園二月例會的那一天，妙子託稱突然生病而缺席了；現在的她卻天天扳著手指數算，等不及三月例會的二十六日快快到來。

她很想找個人訴說這段新的戀情，但是除了那兩位知己以外，再也找不到能夠傾訴的對象了。這時，妙子才真真切切感覺到自己的孤單。

她身邊那種戴著好友面具的人不勝枚舉，也有好幾個人開口閉口總說是知己。要是一不小心信以為真，把一切和盤托出，這件事不消一天工夫就會傳遍大街小巷了。

「沒想到妙子女士竟然墮落到這種地步了！聽說她這回迷上的是人妖酒吧的酒保喔！我以前都當她是朋友，沒想到她現在變得這麼荒唐，可得離她遠一點才行，否則連我也被拖下水，以為是同樣低級的女人呢！」

妙子對這種情況再清楚不過了。她以往和這種人相處時客客氣氣的，十分享受在心裡揭開對方那張偽善面具的樂趣，如今卻由於幾近窒息的痛苦而險些昏厥了。

（這樣太危險了！我居然開始痛恨起虛偽，變得再也無法忍受虛偽了！）

她賴以為生的食糧，可以說百分之百都是由虛偽獲得的，她的一切生活亦是構築在這上面，倘若她變得厭惡虛偽，能夠想見生活將會發生翻天覆地的嚴重改變。

譬如今年春季的流行款式是貼身的剪裁啦、高腰收摺的寬鬆上衣啦、裙襬飄逸啦……身為高級訂製洋裁店老闆的妙子非常明白，身為設計師的妙子更是明白，這種種的流行指標全都是天大的謊言。儘管全都是天大的謊言，但唯有堅持這天大的謊言才能賺到錢。沒有任何人願意掏出半毛錢付給真實。

那一天終於到了。三人同樣選在六本木一家由外國人經營的「禁酒酒場」牛排館聚會。那家餐廳的裝潢模仿芝加哥禁酒時代的地下酒吧，入口處開了一個窺視窗以便逐一檢視上門的客人。

三人各自有事要忙，最後訂在晚上九點見面。恰巧那天晚上妙子九點前有一大段空檔，那種折磨像是老天爺給她的考驗。

妙子下班後先回家一趟，花了很長的時間慢慢更衣打扮。

她家就在離洋裁店不遠的二之橋的小山坡上，公寓七樓的其中一戶。住在這裡的單身生活什麼都不缺，堪稱自由的典範，連小狗小貓也沒有養。她認為，家裡的動物有自己一個都嫌多了。當然，過去交往過男友若是家世清白，也常帶回家裡；不過，她絕不允許男人無所事事窩在這裡，或是擺出男主人的架子隨意出入。

即使同樣是一個人度過的夜晚，在談戀愛以後，連孤獨都是一種享受。這可以說是她冷淡的一面。擁有男友的時候，孤獨帶給她的喜悅與樂趣並不是在心裡思念著情人，而是她享受著富裕、美麗又有男伴的滿足感，那是一種極為抽象而澄明的快樂。她可以利用獨處的時間讀很多書，也能很有效率地回覆積累多時的信件，即便一個人聆聽唱片也很開心。這種獨自一個人的喜悅是單純的。

然而，如果沒有了愛情，孤獨就成了可怕的寂寞，單身一人的價值也隨之驟升驟降，有時意氣風發，有時覺得一切都失去了意義，也就是孤獨成了一場戰爭。

那麼今晚呢？不消說，當然是愉快的孤獨。不必刻意想起千吉，就能像這樣享受到獨處時的歡欣雀躍，而這正是他存在妙子心中最有力的證據。

妙子十分瞧不起屋子充斥著繁複裝飾的明星風格，她只在房裡鋪上父親留給她的昂貴的天津地毯，並且放上同樣由她父親從歐洲買回來的高約一公尺的米色大理石維納斯雕像，以及做工精巧的鹿形銅像等兩三件精美的擺飾而已，牆壁也僅掛上一幅黑田清輝的畫作，唯有內行的客人才懂得欣賞她的品味。

她洗了澡，又做完一整套美容操，接著站在臥室的穿衣鏡前從容不迫地換衣服。這裡既沒有催她快點的丈夫，今天晚上也不必加班工作，可以盡情化妝與換穿直到自己滿意為止，無須遷就別人。

她遲遲拿不定主意，最後決定穿這件宛如布滿翡翠碎片的綠色粒棉紗的尼赫魯裝。這種款式的名稱是時裝界擅自借用那位崇高的尼赫魯總理的姓氏而來。然後她在領口戴上同一塊布料做成的項圈。

至於帽子也換了好幾頂，終於挑了一頂午夜藍的無邊女帽。家裡恰有同色的手套可以搭配。鞋子則選是義大利小牛皮、皮面是柚木斑點的款式，也找到可以配成套的手提包了。

妙子就這樣換了又換，直到總算穿戴滿意的時候，距離約好的九點只剩五分鐘了。

十九

「喲，好久不見。這麼多天沒見面了，居然還讓人等那麼久！哎，兩個月不見，妳怎麼變年輕了呢？簡直像十八歲的姑娘呀，怎麼看都不像是大他二十歲的女人！」

鈴子對著匆匆趕到禁酒酒場牛排館的妙子戲謔了幾句。信子將香菸夾在纖細的手指上方，沒有作聲，只露出評論三流電影似的目光，朝向遲到的妙子斜睨一眼。

三個女人和往常一樣，各自點了一杯餐前酒之後，嘰嘰喳喳聊個不停。鈴子喝的是杜本內，妙子挑了波特酒，唯獨信子選擇男士較常喝的馬丁尼烈酒。

三人隨口閒聊，先從每個人工作的話題談起。

「像我做影評這一行，老是看洋片，看久了既沒有收穫，也不覺得有什麼意思。那些洋片多半帶有法國文學背景的知識階級習氣，根本沒有放浪形骸的趣味。而且說到那些外國電影公司呀，簡直是一群吝嗇鬼，根本不肯投入更多資金！銀幕上那些英俊的男人我全看膩了，可是現實生活裡英俊的男人個個都是傻瓜！不知道什麼原因，舉凡美男子統統是那種傻瓜。

「不久前，我對一個年輕人說了句客套話：

「『你長得有點像亞蘭・德倫呢！』

「結果妳們猜他怎麼回答的？

「『亞蘭・德倫是做什麼的？如果真的那麼像我，可以幫忙介紹一下嗎？』

妳們聽聽，世上有那麼自命不凡的人嗎？」

妙子和鈴子同時笑了出來。不過，這個故事其實不能證明那個男人是個傻瓜，說不定信子反而被對方暗中消遣了一番，但妙子只把這個想法放在心裡。依她猜測，故事中的男主角應該是那家鋼琴酒吧的琴師，這聽起來很像他會講的話。

鈴子說自家餐廳開到深夜的營收還不錯，只是受不了那些帶著酒吧女郎來用餐的中年客人。

「那些被女人欺騙的男人，全都是穿寬褲管的！妳們不覺得，光從褲筒的寬窄就能夠掂量出男人價值的時代，在歷史上很罕見吧？……對了，前陣子，我和神谷信夫幽會了喔！」

鈴子說的是一個當紅的電影小生。鈴子喜歡和有名氣的人在一起，她認為那是能夠保障祕密幽會的首要條件。知名人士總是小心翼翼，深怕有個閃失，可以說再也找不到比他們更能安心交往的對象了。何況他們不太容易遇上這種大好機會，只要隨便拋出一個誘餌，他們就會立刻上鉤。

自從神谷信夫聽說，義大利有個缺乏職業道德的攝影師專門偷拍一些電影明星私下交往的照片之後，每次進旅館後他連床底下也要仔細檢查。鈴子的描述，讓妙子和信子聽得津津有味。鈴子又說，這位銀幕上的英雄，在真實生活中卻和兔子一樣膽小，即使在開車的時候，也不斷察看後視鏡，深怕後面有車跟蹤，簡直恐懼到了極點。不僅如此，他深信那些專賣頭條消息給週刊雜誌的記者是萬能的，那些記者會躲在天花板上，也會從房間的楣窗外偷窺，甚至藏匿在床下。所以，鈴子總得等神谷信夫按照順序逐一檢查完畢，才終於得以和他躺到床上。有時候，就連抽風機的聲音，他也會誤認成錄音機運轉的聲響呢。

妙子暗忖，聽完了這麼有趣的話題，自己的正經事顯得很乏味，於是沒有回應兩人的催促，只說先用餐再講。

她們坐在臨靠紅緞壁面的桌位，點了炭烤龍蝦、夏多布里昂牛排等主餐。妙子咬下一口紅蘿蔔，終於用有些慵懶的口吻，說起了千吉的事。

然而，妙子還沒有把整件事情依序在腦中理出個頭緒。每一幕都歷歷在目，依然印象鮮明，縱使她試圖按照事情發生的先後順序描述，也不知道該從什麼地方講起才好。

「總之，那男孩不是個普通人，我好像為他神魂顛倒了。」

聽到妙子的這番話，信子和鈴子直盯著她瞧，好似在憂心一個患者的病況。

「那麼，S呢？」

鈴子用了她們慣用的「性愛」的暗語。

「我從來沒有遇過那麼高明的男人。」

「怎麼可能？他才多大年紀呀！」

「那方面未必和經驗有關哦。」

妙子實在不知該如何形容，世上真有這樣一個人如此完美地集年輕與純熟於一身。

鈴子和信子把送上的餐盤推到一旁，只管追根究柢問個分明。鄰旁的顧客全是洋人，她們可以儘管放心大聊特聊。

這些話妙子已經憋在心裡好久，可是現下要她講又說不清楚，這讓她相當錯愕。她一方面討厭自己捨不得讓別人知道這個祕密，心裡也有點瞧不起最要好的手帕交，更受不了自己連對她們也不想說出真心話的那份孤獨。這複雜的情緒迫使妙子只能用盡量興致高昂的聲音，再次重複枯燥無味的內容：

「總之，那男孩真的好極了，我沒有遇過這樣的人。」

「然後呢？……他對妳溫柔嗎？」

朋友的這句問話，讓妙子頓時一愣。

千吉曾對她溫柔嗎？

二十

「他對妳溫柔嗎？」

影評家只是隨口問了這句話，但這句話卻刺中了她的心。

妙子想從千吉身上得到的，是溫柔嗎？這個大哉問，任憑想破頭也得不到解答。然而，在她內心深處，確實渴望找個溫柔的人。

她自己也不曉得到底追求的是哪一種溫柔。比較正確的說法是，就最通俗的定義而言，千吉對妙子並不溫柔，但這反倒讓她感到安心。

但若問妙子是否就此滿足了？答案是，並非如此。聽到這個問題後，妙子這才赫然發現，自己喜歡的一直是冷冰冰的千吉；但是愛上這樣的千吉，未免太悲哀了。

原本妙子在心中將他塑造成一個心懷鬼胎的狡猾小白臉，這種想像不僅讓她覺得輕鬆，甚至是一種樂趣，如今卻成了心口上的刺痛。況且只因為朋友的一句話！

妙子變得悶悶不樂，鈴子和信子交換了眼神，還是想不透是什麼原因。一向七嘴八舌的熱鬧例會，三個人都不再開口，默默地各自用餐。

鈴子戰戰兢兢地與自己的食慾奮戰。剛才不小心點了夏多布里昂牛排，一想到吃下這塊肉，自己身上就會多出同樣大小的一塊肉來，光是想到這裡就心情沮喪。幸好後來她又想到，肥胖真正的來源是糖分，只要不吃甜點就沒事了。

鈴子生性懶散，她的情慾與食慾的根源並非來自強烈的慾望，而是對任何事都懶得節制。她當然非常明白，情慾與食慾難以兩相顧全，為了博得男人喜愛，非得瘦下一些才行；但是，假如偶爾遇見喜歡她現在這種模樣的男人，她就得以理直氣壯，融化在這享受懶惰的快樂之中。

信子專注地吃著她的炭烤大龍蝦。她的吃法十分神經質，分成好幾次一點一點地淋上奶油醬，有時正要淋上又突然停住，先用叉子舀起芹菜後思考片刻，也就是說，她的吃法頗有知性女子的風格。那副瘦稜稜的身軀姿勢端正地坐在椅子上，不時以批評的視線環顧周遭，就這樣將餐食吃完了。她表面上看起來漠不關心，其實肚子裡好奇得不得了；臉上的表情是任何事物都引不起她的興趣，但對別人的男女之事卻又豎起最靈敏的天線，不放過任何一條線索。

「來嘍、來嘍！」信子說著，以眼神示意鈴子。

「他們以為來這種地方就不會被別人發現，真是太嫩了。不如可憐可憐他們，假裝沒看見吧！」

鈴子抬起眼，恰好看到最近發生緋聞的某位有婦之夫的影星帶著一位香頌歌星，就在她們近旁的桌位落坐。男的穿著高領襯衫，繫上一吋寬的領帶；女的像圓山應舉畫的幽靈圖裡人物，抹上厚重的脂粉，長髮垂落，遮住了半張臉孔。

「那麼長的頭髮，等下喝湯時一定會浸到湯盤裡的！」鈴子為素不相識的人無謂操心。

在信子面前，電影明星自然矮上一截。男影星才坐下就看到了信子，特意起身過來寒暄。

「啊，松井小姐，好久不見！」

「好久不見，近來可好？」信子大大方方地坐著回應。

「最近被瀨木大師罵慘了。老實說，那種大情聖的角色，根本不適合我演。」

「那麼，你適合演什麼呢？」

「您這問題還真犀利！反正大家都當我是花瓶小生嘛。」

連妙子也被這句話逗笑了。

眼前這位電影明星雙手優雅展開，拋出迷人的眼神……再加上隨時警惕自己是小生而不是喜劇演員，每一個動作都刻意打直以展示帥氣。這一切職業性的誇張舉動，使他看起來像個穿著高級西裝的機器人。

不過這一連串的動作攪動了年增園這一桌沉滯的空氣，十分神奇地倏然轉變成冒出泡沫的新鮮空氣。甚至在男影星回到自己的座位後，這令人愉快的變化依然發揮著影響力。

「真奇怪，就連那種一無是處的男人，也有一點用處呢。」對現場氣氛格外敏感的信子馬上說。

「大家都受到他的影響了。」

「是嗎？我才沒受到他的影響呢！」信子的語氣有些不悅。

兩只義大利製的大木雕胡椒瓶與鹽罐宛如站在桌面的衛兵。玻璃杯中的水蕩漾著璀璨的光芒，銀色的花瓶裡蜷縮著三色堇，淋上醬汁已過了好一段時間的沙拉生菜萎靡地耷拉著。

鈴子忽然心生一計，急忙告訴另兩人：

「今晚接下來的行程由我一手安排，不許妳們反對喔。我們現在就去風信子！」

妙子心頭一驚，連抬起臉來表示意見都還來不及，信子已經搶先同意了：

「沒問題，好主意！」
儘管信子的口吻有些霸道，但並非出自看好戲的心態，而是全然相信朋友所做的決定。
「可是……」
妙子欲言又止，最後決定不說了，只趕緊拿起餐巾揩了嘴角。當她看到沾在餐巾上的口紅印時，突然覺得這時像和他接吻之後整理儀容，頓時湧出了無比的勇氣。換句話說，之後不論遇到任何狀況，她都能夠面對了。
妙子隨即閃過一個念頭：
（是不是該先打個電話呢？）
就千吉的立場而言，恐怕得先做好心理準備，才能正面迎戰這幾位眼光銳利的女人帶著調查意味的來訪吧。
不過，妙子連找藉口去打電話都嫌麻煩，可是假如一聲不吭就起身去打電話也很奇怪。妙子希望在這兩位好友面前，儘量顯得泰然自若。

二十一

妙子已經很久沒去池袋的風信子酒吧了。自從和千吉開始在外面約會以後，她再也不需要到這家酒吧了。儘管有些愧疚自己未免現實，但她實在不希望在風信子酒吧那種不入流的雜亂環境中見到千吉。話雖如此，但事實上並非如此。因為即使在外面約會，千吉依然屬於風信子酒吧的一員，而這個身分恰好是妙子能夠不受拘束，自在享樂的盾牌。

不過，畢竟沒向酒吧打過招呼就擅自把千吉帶出場，心中的歉意讓妙子不好意思上門光顧。現下三個人結伴前往，妙子不禁有些期待能夠再一次看到千吉工作時的模樣。

「他對妳溫柔嗎？」

只是，信子的這句話依然在妙子的耳邊迴盪著。今晚，妙子該如何證明這句話呢？

三人走進菸霧瀰漫的酒吧，被領到了第一次造訪時的相同包廂，得以再度看到牆上那一幅《帕里斯選美》。

「看來，帕里斯最後還是選了維納斯呢。」

鈴子意有所指，藉此對妙子奉承了一句。

信子則提起另一個完全不相關的話題：

「我也好久沒來這種酒吧了。不過整個東京那麼大，真要找個把女人奉為女王的消遣場所，也只能到這種不健康的地方了，真不公平。」

「只要參加洋人舉辦的酒會，不也能享受到被捧上天的尊榮嗎？」

「沒錯，那些腆著大肚腩的老伯伯確實會這麼做。」

「假如妳只喜歡年輕的，去美軍基地就能任君挑選。」

「年輕的美國人狂妄、自大又纏人，我才不要！唉，真希望當初占領日本的是義大利軍。」

魂不守舍的妙子沒注意其他兩人的交談。她探頭望向吧檯，沒看到穿黑背心的千吉，只有一個沒見過的酒保在那裡晃甩著調酒器。

妙子想找陪酒男侍照子問一問，不巧照子正在別的包廂應付客人，遲遲不見身影。善於交際的照子無論到哪一桌都很受歡迎。

妙子最後只好壓低音量，不讓其他兩個朋友聽見，小聲詢問進到包廂服務的不相熟的陪酒男侍：

「酒保阿千沒來嗎？」

怎料那個陪酒男侍居然大聲嚷嚷回答：

「他好像出去了喲。哎呀，我說姐姐，有什麼關係嘛，他不在，這裡還有三個更好的男人為幾位姐姐服務呀！要是您心裡念著別的男人，我可要擰您一把嘍！」

再問也問不出個所以然，妙子只好作罷。她決定相信這個陪酒男侍的說法，當作千吉只是到附近買個菸，很快就回來了。無奈的是，時間一分一秒過去，吧檯裡五顏六色的酒瓶前，依舊沒有出現千吉的身影。善解人意的鈴子和信子刻意不再提起千吉這個名字，但她們的好意此刻卻成了妙子難以承受的負荷。

妙子再也耐不住，託稱去化妝室。她在人群間穿梭，總算在裊裊菸氣中找到了照子，以眼神給了個暗示。

照子穿著金絲織錦的紫色和服，大概是流行歌星最近時興的舞台禮服款式，但是那一對垂墜式的水晶耳環，顯然不是流行歌星常見的裝扮。雖然照子畫了個大濃妝，仍然可以看出這是一個活潑又純樸的少年。

「我說誰呢，原來是姐姐，好久不見了！」

「這是很久沒來的賠罪。」

妙子迅速將一千圓鈔票塞進他的袖袋裡。

「不好意思，每次都讓姐姐費心了。姐姐今天真是光彩豔麗，這件尼赫魯裝的顏色真是太美了，真像日耳曼的森林呀！」

「我急著問你一件事！」

照子一聽就知道妙子的意思。

「我跟您說，阿千今天蹺班，店裡困擾極了。我還以為是和您去約會了呢。」

「開什麼玩笑！」

語畢，妙子閉上眼睛，心裡突然如電光石火般，飛速閃現一個微弱的希望。

「你剛才說的是他蹺班了吧？沒騙我？」

「是真的。我何必對姐姐撒謊呢？」

「不是來店裡上班，然後被客人帶出場了吧？」

「我敢發誓，絕對不是！」

「他今天根本沒在店裡出現過吧？」

「是的。」

「那麼，也許是感冒或者生了什麼病。」

「姐姐還真辛苦，明明什麼都不缺，卻偏要自找苦吃，這種生活還真奢侈哪！」

「電話借一下。」

妙子伸出指尖焦急地撥著電話轉盤。一位口氣很差的管理員接了起來，妙子在電話的這頭等了很長一段時間，才又聽到管理員回覆千吉不在。妙子的胸口宛如被膏藥貼得又緊又牢，幾乎要窒息。

不過，只要不是陪客人出場，就還有一線希望。千吉十分隨興，說不定等一下就悠然踱進店裡，連句道歉也不講，若無其事地走到吧檯裡面了。

妙子雖然告訴自己還沒有到絕望的地步，但是回到座位後，再也開心不起來了。

「您是松井信子小姐吧？我在雜誌上看過您的照片喲！」

其中一個陪酒男侍說。信子不禁得意起來，開始談起了電影。一旁的妙子有點洩氣。

千吉還沒來。像現在這樣望眼欲穿的心境，算不上是愛情中的甜蜜，簡直是一場不管三七二十一的大賭注，而整個世界都不站在自己這邊，就連兩位好友此刻也都站在另一個充滿惡意而冷漠的世界了。

千吉還沒來。

妙子的想像，漸漸成了一股漩渦。她很清晰地感覺到，身體被吸進了最不願意面對的想像之中。

（他一定是不惜蹺班也要趕赴一場美妙的幽會！對方是坐擁千萬的肥婆呢？還是身價百萬的中年男人呢？或者是……（妙子終於迎面撞上了她最不願意面對的想像核心）……難道是和不到二十歲的漂亮純情小姑娘？）

妙子再也無法忍受悲哀的自己。再繼續等下去，悲哀的盡頭將是情緒爆發。就像爆米花朝四面八方迸彈出去一樣滑稽，並且嚴重至不可收拾的爆發。

連攀附在酒吧天花板上的人造櫻花那俗氣的顏色，都彷彿在嘲笑她。等待的女人。痴心等待的女人……區區一個小子，憑什麼能夠施展強大的力量，即使相隔遙遠，也能把她變成了自己最不願意的面貌？

「我們回去吧？」

鈴子開朗的聲音正是溺水的妙子最需要的一塊浮木。對此時的妙子來說，鈴子與生俱來的單純成了她的救贖。她心想：

（她果然是我的朋友！）

妙子在酒吧前匆匆忙忙與大家道別，獨自坐上計程車，吩咐了司機：

「麻布的二之橋。」

說完，她把頭靠在椅背，閉上了眼睛。醉意異樣混沌，已醉與沒醉的部分如斑點般遍布腦海，分不清是畏寒還是頭疼的痛楚陣陣襲來。儘管如此，妙子以從未有過的坦率，不顧任何體面，也沒有欲擒故縱，在心中不停呼喚著千吉的名字。那既是可愛得傻氣的名字，更是這個世界所有愚蠢的總稱。

（我怎麼會這麼傻！怎麼會這麼傻呀！）

明明知道，但妙子還是沒有反省，反而縱容自己這麼做是對的。假如此時此刻能和千吉親吻，她寧願拋棄全部財產，絕不心疼。

或許妙子人生中難得一見的真心誠意感動了上天，這時忽然福至心靈，對著司機高聲尖叫：

「快開去新宿！」

司機對這種反覆無常的乘客早已司空見慣，連回話也沒有，直接改變了方向。

適逢初春，深夜時分的新宿仍然人潮熙攘。車子沒辦法再往前開，妙子於是在駒劇場前面下了車，沿著咖啡廳林立的街道直走。街角的 Gun Corner 還在營業，在花花綠綠的彩繪布景前面，畫著栩栩如生的帶篷馬車和印第安的馬群。

妙子總算走到了營業至深夜的小鋼珠店。門口裝飾著大量的人造櫻花，還掛上一塊寫著「百萬美金櫻花祭」的廣告看板。她戰戰兢兢地往店裡瞧。奇妙的信心鼓舞著妙子。她的視線穿過那些專心玩小鋼珠的人群間，一列一列搜尋著。

就在最裡面的機台前，妙子發現了千吉。她一方面欣喜若狂，也總算放下心來，反而捨不得立刻飛奔到他身邊，於是遠遠地、仔仔細細地，凝望著這個孤獨的年輕人沉迷於玩樂的身影。

他將黑色運動衫的袖子捲高，心有不甘地嘟著嘴，獨自一人將小鋼珠塞進機台，讓珠子滾落下去。即使站在遠處，妙子依然可以看到那件運動衫的黑色衣領上，落著些許頭皮屑，宛如點點春雪。

二十二

自從經歷過這起事件後，妙子得到一個結論，那就是為了不讓自己的心情起伏不定，無論如何都要強迫千吉辭去風信子酒吧的工作才行。

這種問題原本該找年增園的朋友商量，可是上次已被目睹了那副狼狽的窘狀，不必多問也知道她們的答案是什麼，何況妙子覺得這麼做未免有損尊嚴。

最後，妙子決定拿錢出來解決。那些錢是她拚命存下來當作日後孤苦無依時的養老金，而今竟不得不動用這筆積蓄，實在有些感傷。平時妙子除了置裝以外，幾乎不怎麼花錢。

妙子多少有些社會歷練，深知在處理這種問題的時候如果隨便打發，日後一定會留下禍患，所以即使得掏出大把銀子，還是得依循老辦法才妥當。第一步，先從徵詢千吉本人是否有意願離開風信子開始。

「果然不出我所料！」千吉略顯得意地笑著說，「就知道妳早晚會問這個問題。」

「所以呢，你到底有沒有辭職的打算？」

「如果能找到另一份好工作，我當然沒什麼不願意的。但是以我這不上不下的學歷，不可能找到像樣的工作吧。假如現在逼我辭掉風信子，過後又把我一腳踢開，還不如乖乖留在那裡比較保險。別因為心血來潮對我那麼好，這不像妳的一貫作風。」

「像不像我的作風用不著你操心！我既然說出口了，就一定負責到底。即使沒辦法馬上找到下一份工作，這段期間我會照顧你的，儘管相信我的能耐吧。我這個大姐頭，人面還挺廣的喲！」

妙子最近受到千吉的影響，在他面前說話的口吻比平常來得輕佻。

至此，千吉的事似乎有了定論。可是由他的語氣可以感覺得到，過去他已聽過這樣的花言巧語，所以才會提防警戒。換句話說，千吉始終沒有離開風信子酒吧，直到現在才第一次動了辭職的念頭，這顯然代表妙子的勝利。

「如果要辭職，可得正式提出才好。」

「什麼叫正式？」

「我不希望別人以為是我慫恿你私奔。」

「混帳！」千吉暴怒，大聲斥吼。「我想辭的時候會自己去跟老闆講！又不是賣春婦，何必私奔！別把人看扁啦！」

妙子察覺千吉會這麼生氣，想必曾經受過不少這樣的傷害，因此立刻向他誠懇道歉：

「對不起。不過，請等幾天再親自去辭職。我得先把一些事情安排好。」

之後，妙子把陪酒男侍照子找了出來，約在池袋的一家咖啡廳見面。

一個晴朗的下午，沒想到照子竟以男裝赴約。仔細一看，臉上雖然化了淡妝，但那件亮眼的水藍色毛線衣，遠遠看去，有幾分街頭小太保的味道。

「哎，真讓人吃驚！不過是換件衣服，還挺人模人樣的嘛。」

「姐姐好壞喔！這才是人家原本的長相呀！」

照子用的完全是女性的措辭。咖啡廳裡的顧客對這種新人類已經見怪不怪，連回頭張望都沒有。

妙子將整件事從頭到尾說明完畢。

「謝謝姐姐願意找我商量。」照子很感動地說，「這種事，為了避免日後的麻煩，最好要謹慎處理。……我先問姐姐，您真的有自信一直照顧阿千嗎？」

「當然有自信。」

「您真痴心哪！我不是有意潑冷水，但這可不如您想像中那麼容易喔。也罷，就當是姐姐的人生課題吧！」

「別把我當孩子看呀。」

「喲，恕我失禮。不過呢，請千萬別忘記，照子永遠站在姐姐這一邊喔。萬一哪一天，您和阿千走到了無可挽回的地步，請務必來找我商量。我一定不會讓姐姐吃虧的！」

聽到這番話，妙子感受到有別於同性友誼的另一種深厚情誼，心想原來自己的見識還不夠廣，忍不住微微濕了淚眶。

接著，照子告訴她許多不知道的事。

風信子酒吧的那位經理從一開始雇用千吉的時候，就為他心迷意亂，甚至到了店裡其他人都看不慣的程度。一陣子過後，千吉開始蠻不在乎地陪客人出場，每一次都會惹得經理和他大吵一架。不過，等到經理發現千吉的行徑能夠增加酒吧的營業額後，頓時陷入了究竟該選擇愛情還是賺錢的煩惱，最後，他選擇賺錢，只好放棄了愛情。後來，經理又另有心儀的對象了，所以現在千吉已是自由之身，但如果真要經理放千吉離開，一定會獅子大開口。照子願意居中協調，要求經理在收到錢後立下切結書，表明日後千吉與風信子酒吧互不相關。

聽到那個中年的經理和千吉之間不正常的關係後，妙子感到一陣反胃。其實她早就做好了心理準備，只是完全沒有料到千吉竟然有過如此醜陋的癖好。這些日子以來，妙子只從千吉身上見識到一個男人自負的極致，而那亦是絕望的另一種體現。

不論是男人或是女人，比起「給予愛情」，相對於「接受愛情」的態度是遠遠不同的。妙子直到認識千吉以後，才開始悟到這一點。二者之間的差異猶如不同的宇宙世界，她從來不曾直面過如此可怕的人生真相。接受愛情的人從自我褻瀆中，得到永無止境的狂喜；而給予愛情的人不惜墜入地獄，也絕不放棄拚死追尋。

相形之下，從前的妙子，幾乎可以說是住在思春少女所憧憬的「相親相愛」的夢境裡。

想到這裡，妙子靈光一閃，立刻擬定了一個教育目標——對了，假裝介紹別的工作給阿千，實際上當前的目標是把他變回純潔又認真的大學生！

二十三

在照子的周旋之下，妙子最後用十五萬圓和經理談妥。妙子私底下塞了個兩萬圓的紅包給照子作為佣金。經理把場面話講得漂亮極了，說這十五萬全是千吉之前向他借支的，而妙子只是代為償還。換言之，表面上就是把千吉這種麻煩人物雙手奉上，不收分毫。

「不過呢，這件事還是別讓阿千知道。那孩子愛面子，要是知道心上人擅自替他還了債，肯定會找上您和我算帳的。而且他很會撒謊，說不定會告訴您：

「『我可沒向那家酒吧借過半毛錢！妳被經理給騙啦。』

「若是到時候您信了千吉的謊話，反過來懷疑我，我可要傷心死嘍。我們還是誰也別把這事情張揚出去吧。

假如那孩子明天就來辭職，我會一口答應的。到時候，他會以為我同意借款一筆勾銷，大家好聚好散。就讓他當我寬宏大量嘍，您可別介意。」

一旁的照子再也忍不住噴笑，趕緊轉過頭擠出幾聲咳嗽掩飾。按照雙方講定的說法，只要妙子守住這個祕密，經理的謊言就永遠不會被拆穿，而妙子也不得不同意這是最妥善的辦法了。此外，即使經理所言屬實，同樣地，只要妙子不說出去，也不必安撫勢必不悅的千吉。

就這樣，妙子順利解決了千吉的離職。一想到終於可以讓千吉脫離那種不健康的環境，妙子高興得不得了。再加上，千吉也同意她代為處理，不管從任何角度來看，妙子無疑打了漂亮的一仗。

妙子以慶祝為由，一整晚拉著千吉到處吃喝玩樂。她心情大好，也比平常多喝了兩杯。

「妳製造了一個失業者，有什麼好高興的！」

「人家就是開心呀，別潑冷水嘛。」

妙子望著一身穿戴整齊的千吉看了又看，心裡洋溢著滿滿的幸福——我憑著自己的力量，把他從骯髒的水裡拯救上岸了。

仔細想想，從以前到現在，千吉不曉得曾經度過了多少個骯髒的夜晚，但也由此足以證明，千吉是一個出汙泥而不掩其光芒的「男人」。倘若有女人因此認為千吉被玷汙了，那只不過是膚淺的感傷罷了。

妙子就此觀點忍不住想振筆疾書，洋洋灑灑寫出一大篇論文來。

比方說，假設某個女人把某個男人照顧得無微不至，絲毫不允許男人擁有自由，從第一次接吻乃至於同眠共枕後的翌晨他該穿什麼衣服，全都由女方握有主導權。縱使如此，只會提升那個男人的男性尊嚴，而不至於讓他變成女性化。而這一切，全都是那個男人散發出來的男性魅力，誘使那個女人做出如此放蕩的行為。

以這點而言，妙子曾經交往過的多數年輕人都很淺薄，只講究無謂的「男性自尊」。他們的腦袋裡有某種既定觀念，任何事情都要由自己主導，覺得自己至高無上，如果不以高傲的態度對待女人，就覺得不夠男子氣概。讓自己處於抬頭仰望女人的位置，就等於是不光彩的娘娘腔行徑。

怎麼會有這麼無聊的偏見呢？真正的男人，一個真正的漢子，不論是站著還是坐著、在上面還是下面、是倒立還是翻跟斗，不僅無損其自身的男性光輝，甚至愈來愈有男子氣概。

例如，特別介意無謂的男性功能的某些男人當中，有一部分不具一絲一毫的性吸引力，當這樣的男人凌駕在根本不愛他的女人之上，並且拚命表現出具有男子氣概的舉動，又能得到什麼結果呢？

男人也好，女人也罷，肉體上的男性化或女性化，就是肉體本身的性別所散發出來的光芒，或者應該說是來自於該存在個體所散發出來的光芒。那和酷愛大展雄風、表現男性的局部功能，並沒有任何相關。如果是個真正的漢子，只要他出現，只要他存在，不論做任何事，都無法改變他是男人的事實。

而千吉正是那樣的男人。他懂得臨機應變，完全沒有其他年輕人在性愛方面的虛榮心。

也因為如此，妙子雖然很滿意能夠將他帶離那種汙穢的環境，但她也已經預見，千吉這個存在個體今後仍然不會有任何改變。簡單來說，因為他已經嘗試過，不管再怎麼褻瀆自己，依舊不會受到玷汙。……同理可證，往後即使想盡辦法讓他恢復「真實的本性」，他仍然不會有所變化。

縱然妙子已經洞悉一切，卻還是努力幫助他再次回到學校。仔細想，這做法並不合乎邏輯。

事實上，她還沒有察覺到自己為何採取這種策略的真正理由——妙子其實想藉助社會的力量來束縛千吉，不讓他得到獨處時的自由。

二十四

妙子事前已經查好了，千吉就讀的大學將在四月十二日舉行開學典禮，於是展開了一項周密的計畫。他的大學位在神田附近坡道的半腰處，坡頂座落著一家精緻的小旅社，妙子曾來找過住宿於此的朋友。印象中，從窗戶往下看，可以看到大學的後門。妙子和千吉約好十一日晚上見面，並且刻意不告訴他旅社的名稱。

千吉從風信子酒吧離職之後，妙子大可依照自己的心意為他安排。不過她不想把他逼得喘不過氣，故意沒有多加干涉。

舉例來說，只要妙子有心，可以要求千吉從現在住的公寓搬到妙子住處附近的高級公寓，況且她的財力也足以負擔。但是妙子非常清楚，採用這種緊迫盯人的策略對她沒有好處。

即便離開了風信子酒吧，仍然難以窺見他的生活全貌，妙子當然可以進一步探問，不過她選擇壓抑自己的好奇心。

既然千吉不需要去上班了，他們應該可以每天晚上都見面，但妙子也沒有這樣要求。妙子很滿意第一階段的勝利，認為這段時期對千吉冷淡一點不失為一個好方法。

儘管心裡已經做了決定，她還是忍不住打電話找他。如果打過去但他不在，就會心浮氣躁，陸陸續續撥去十多通電話直到他回來，把那邊的管理員吵得不得安寧，而她自己也完全無心工作。等到總算聯絡上千吉了，其實除了道一聲「晚安」以外也沒別的事要找他。妙子用宛如把這一整天下來疲憊不堪的要緊事一股腦全扔出去，用著瀕死前的虛弱聲音，只對他說一句：「晚安。」

至於最想問的「你上哪裡去了？」她拚了命地將它壓回喉頭。

那一晚，懊悔的妙子相當自責為什麼不問個清楚，也在心裡埋怨千吉為什麼不告訴她。然而她也知道，如果千吉主動說出自己去了什麼地方，她反而覺得他在狡辯，等於徒增煩惱。

十一日約會當天，天空微陰，傍晚還下了雨。妙子抬頭一望，街角那棟報社大樓的電子看板恰好打出了英文的氣象預報，上面清清楚楚寫著：

TOMORROW-FAIR（明天——晴）

妙子頓時為自己可愛的詭計即將成功而雀躍不已。

千吉想看打打殺殺的戰爭電影，妙子陪他去了。以前，不管誰邀請她，她一向拒看這種類型的電影。

即使偶爾不小心碰觸到對方的手指，也會有一道新鮮的滾燙電流瞬間流貫全身。那道電流來自他們對彼此身體的熟悉。妙子在劇場走廊上看著散場的觀眾，非常篤定他們兩人是全東京最有品味，也是最俊男美女的一對。

當愛情已經穩定時，一種坦誠相見的奇妙友情就會悄悄滋長。妙子發現千吉在那種人潮洶湧的地方，總能敏感地察覺到女人回頭看他的讚美眼神，忍不住就此調侃他了一番。他們爬樓梯時，與一對男女擦身而過，那個年輕女孩還特地回過頭，目不轉睛看著千吉。

「少拿我尋開心啦！這種人我看多了。這些女人和男人睡覺的時候，腦子裡還會浮現出今天驚鴻一瞥的我這張俊臉哩！」

「自大狂！」

「妳還不是一樣被很多人偷看！」

「不要在公共場所大聲嚷嚷妳呀妳的。」

「是，閣下。」

老實說，妙子也不喜歡讓那些討厭的中老年男人色瞇瞇盯著瞧。現在為了和千吉一較高下，反而會留意是否有人看她。

妙子以前最瞧不起一些自甘墮落的女人為了讓男人嫉妒，時常使出不值錢的手法，例如故意告訴對方：

「昨天，有某個人，靠近耳邊對我說『我愛妳』喔！」

現在妙子卻為了千吉同樣自甘墮落，也想拿這個招數來試一試了。一切都怪千吉太不在乎她了。

兩人在餐廳用餐時，妙子有事需至衣帽間打電話。有個排隊等候的中年洋人，竟趁衣帽間無人之際，從後面偷聞妙子的髮香，還伸手輕撫她的髮絲，嘆了一聲後自言自語似地說著：

「不只面貌，連頭髮也這麼優雅……」

一個大男人悶聲不響從背後靠近，足以讓妙子心生恐懼。雖然她並不喜歡外國人，幸好這時看不到他的面孔。並且他輕柔地撫摸頭髮的觸感，以及富有磁性的低沉英語，都讓妙子感覺非常舒服。因為對方還沒有接聽電話，所以那句英語妙子聽得很清楚。

回到座位後，妙子立刻把這件事告訴千吉。難得千吉露出了不悅的表情。他那不悅的表情讓妙子一方面覺得幸福，一方面又忍不住感慨——照這樣下去，我遲早會變成一個不值錢的女人。

妙子利用這個機會進一步試探千吉，刻意出言諷刺：

「可是對方高頭大馬，就算你想打架也打不贏他吧。」

「是啊，我不是做護花使者的料。」

「可是你不是練過拳擊嗎？」

千吉倏然安靜下來，目光冷峻。

這股沉默嚇到了妙子，心想剛才說得太過分了，可是說出去的話也無法收回了。

「妳也沒好到哪裡去，看起來就像洋人的情婦！」

千吉一反常態，用幼稚的話做出反擊。

「是呀，我本來就是那樣！你不知道嗎？」

妙子也不自覺脫口而出，撒了一個漫天大謊。

「是嗎？那我們算是旗鼓相當！」

「就是說嘛。別再生氣了！」

「少往臉上貼金了，我才沒生氣！」

千吉愈發鬧彆扭了。

妙子明知道像這樣的鬥嘴，到最後總會不了了之，麻煩的是這牽涉到今晚的住宿。如果千吉心情好，就算強拉他去也是一個辦法，可是他正在鬧脾氣，妙子有點擔心，在這個節骨眼上特地把他帶到大學附近的旅社到底適不適合。萬一無法如願，她後續的計畫也將跟著泡湯了。

神奇的是，他們飯後去了一家位在六本木的小酒吧喝餐後酒時，妙子提起了那家旅社，千吉反而一下子心情好轉。

「喔，原來是那裡啊。這主意真棒！我還沒有機會住過那邊。在當酒保之前，我常常從校園望著那家旅社。那家旅社能夠鼓舞我朝向飛黃騰達的理想邁進。我曾想過，只要自己早日出人頭地，就能帶著女人乘上凱迪拉克，氣勢十足地開進那家旅社去，不知該有多好！」

二十五

事實上，妙子根本不必費心張羅這種大餐前的開胃小菜。

這還是她第一次假扮成觀光客，甚至在前往的途中還備妥了掩人耳目用的旅行袋，挺起胸膛走進一家正當營業的旅社。兩人進到旅社並關上房門後，千吉旋即伸手搭上了她的肩膀，這舉動讓妙子感覺到某種熾熱的液體正點點滴滴充盈著體內。

今天晚上，當旅館服務員剛把旅行袋送進房裡，這只女用旅行袋立刻引起了千吉的好奇。

「哦，沒想到妳這麼用心準備。裡面放了些什麼？」

他饒富興趣的視線投向擺在牆邊置物架上的那只天藍色提袋，彷彿忘了妙子也在這個房間裡。

稍早前他們正要離開六本木的小酒吧時，老闆把這只提袋交給妙子，並說了句：

「來，這是您寄放的。」

妙子接過來以後，馬上把這只頗有重量的提袋遞給了千吉。這的確是妙子按照計畫，事先拿來寄放在酒吧的物件。

「想看的話就打開來吧。」

「鑰匙呢？」

「根本沒上鎖呀！」

千吉瞬時變回酒保認真的工作態度，把提袋放在床上打開，從裡面拿出來的只有幾本無聊的小說和兩瓶蘇格蘭威士忌，外面用兩件毯子把這些東西仔細包裹起來。

「如何？重量和一般放了換洗衣物的旅行袋差不多吧？」

「妳心思真是太細膩了！」

「不過，威士忌是真品，可不是某些黑心酒吧賣的假酒喲！」

千吉兩手各拎一支酒瓶，很開心地笑著走向妙子，伸出雙臂把妙子抱進懷裡吻她。千吉這突如其來的強大臂力將妙子箝制住並且不由分說吻向她，讓妙子原本有些生氣，但這股怒氣在不知不覺間，消失於兩人的親吻之中了。

翌日早晨，兩人都睡到很晚，起床後才在房間裡享用豐盛的英式早餐。

妙子揭開簾子，推開窗戶。四月的暖陽照耀在下方層疊錯落的街景，隨處可見葉色嫩綠的櫻樹映襯得更加熱鬧華美，在日光下泛出糖蜜般的溫潤光彩。窗子一推開，汽車與電車的噪音從街上轟然傳來，不過更刺耳的是窗下R大學周邊嘈雜的人聲。

這一切都是妙子心中勾勒好的場景。

R大學的校園、網球場、後面的花圃以及通往後門的石階，從這棟建築的三樓窗戶全都看得一清二楚。

開學典禮似乎剛剛結束，許多新生魚貫湧出了校園。一件件簇新制服上的金鈕扣，在春陽中反射出無數耀眼的燦爛亮點。不知道是因為近來的大學新生不如從前的學生那般成熟，或是有愈來愈多父母太寵孩子了，走在校園的人群中有三分之一都是前來參觀的家長。

從這裡看不清楚每一個人的長相，但是校園裡的櫻樹和數不盡的學生們宛如一股奔流，一路流洩到後門石階，看起來像在顯微鏡下蠕動的大量微生物，一切洋溢著無比的春天、青春和新鮮。年輕的喧囂，以及一般所謂年輕的「潔淨」，正以排山倒海的力量，往上推送到遠處山坡上這家旅社的窗前。

「過來看看，你多了那麼多學弟妹！」

妙子為了幫助千吉一轉心念，特地費心籌劃，務必讓他看到這一幕。這個舉動沒有絲毫的不自然，甚至連她這個籌劃人本身也被這恰如偶然的情景深受感動，更高興能夠順利將千吉喚到她身旁。

只穿了件汗衫的千吉來到窗邊。他叼著菸，將手搭在妙子肩上。

「別這樣，那邊會看見的！」

「就是要讓他們看到！好讓那些傢伙快點和我一樣出人頭地。」

千吉的語氣非常爽朗，沒有帶著自嘲的意味，妙子安心不少。

妙子從肩膀的觸感察覺到，千吉心裡開始出現各種情緒了。

且不說別的，他顯然還是膚淺地感到喜悅，陶醉在這兩相對比的反差之中。

一個和煦的春日上午，站在旅社的窗前攬著女人的肩膀，俯瞰自己學校的開學典禮——儼然是個不良大學生。這感覺確實不壞。就連身為女人的妙子想來，同樣覺得不壞。

良善在底下的遠處成群蠕行，奸邪卻在晴朗的高處厚顏地攬著女人的肩膀。……任何一個年輕人置身於這樣的情境，必然會被激發出一種莫名的英雄主義。

「呸！」千吉突然朝窗外啐了一口唾沫。

「別這樣！」妙子攔阻了他。

「那些兔崽子還以為未來有什麼好事在等著他們，歡天喜地讓老媽牽著手走哩！」

「的確有像這樣的好事，不是嗎？」

妙子輕輕側身，離開千吉搭在肩上的手，直視千吉的眼睛說。

這是一句立意新穎的反論式說教。

妙子看得出這句話已經直搗千吉的內心了。

「妳到底要我怎樣？」千吉稍微別開了視線。

「我沒有要你怎麼樣。你想做什麼都是你的自由。」

「言下之意是要我找回像那些兔崽子的純真吧？」

「你現在還是一樣純真呀！我懂。」

「少用那種少年心理輔導員的口吻啦！」

「是嗎？聽起來確實有點教條。」

千吉用略顯笨拙的動作，把香菸往漆白的窗框上使勁摁熄。妙子心想，他開始有點不耐煩了。

「妳現在的意思是要我去扮成一隻無辜的小鳥吧！」

「我說過，你想做什麼都是你的自由呀！」

「我上當了！妳當初答應要幫我找份好一點的工作。」

「那是以後的事。沒有拿到大學畢業證書，根本找不到像樣的工作。……我已經不露痕跡地向洋裁店的某位客戶，也就是一家纖維公司的董事長夫人打聽過他們公司缺不缺人手了。」

不全然是謊言的這段話，似乎讓千吉相當心動。妙子決定乘勝追擊。

「反正你的學籍還在吧？」

「當然在啊！」

「既然如此，明天開始回去上學不就行了？不要為了兼差賺錢而弄巧成拙，落得個適得其反的結果。」

「……可是，我留級過一次。」

「再重修一次就好了嘛。」

「哼，妳說得倒是輕鬆！」

「如果是經營學，我好歹開了一家店，準備考試時應該可以幫忙複習功課。」

妙子打了包票。

「這樣的話，那就容我成為一個純潔又認真的學生吧！」

「這個主意挺好的呀。」

「那麼，我們的交往，以後也走純潔路線好嗎？」

「好討厭喔！」

妙子抬起映著陽光的手臂，勾住了這個年輕人的後頸，獻上一吻。千吉染有菸味與咖啡香的唇瓣，嘗起來更有成熟的男人味了。

二十六

聲譽如日中天的巴黎當代設計師伊夫・聖羅蘭的慈善時裝展示會，將於四月十日夜晚舉辦。妙子決定帶著千吉首度聯袂出席公開場合。

千吉從四月初就回去上課了。雖不知道他的恆心毅力能堅持到什麼時候，至少目前在課堂上抄寫的筆記還會拿給妙子看。

「喂，連這個都給妳看了，總該相信我了吧。真是的！疑心那麼重。」

妙子藉此機會，也把自己的日常樣貌向千吉開誠布公，沒想到千吉聽了以後一點都不驚訝。

「那些事我早就知道了。風信子裡的每一個人，都對妳的事知道得一清二楚。」

「哦，這樣嗎？」

妙子只說了這句，不再往下多說了。

自己的底細已經徹底曝光，但是私生活到目前為止都不曾遭受任何打擾，如此看來，人間還是處處有溫情，值得信賴。二戰前的作風依然深植骨髓，她仍無法摒除高不可攀的習氣。也因此，當她允許千吉隨意進出自己的公寓，亦即彼此的交往進展到沒有任何隱瞞的階段，反而讓她鬆了一口氣。

另一方面，妙子也發覺到，自己的身分早已被攤在陽光下了。那麼，許久以來她努力塑造的「神秘的魅力」，顯然是白費力氣。不過，一想到千吉分明知道她真正的樣貌仍然願意愛上她，在感到欣慰的同時，也對這個年輕人知悉已久卻選擇沉默的機敏，覺得恐懼。

妙子對千吉的教育所付出的熱忱，總是充滿矛盾——既期盼他能夠回歸平凡學生的身分，令她引以為傲；與此同時，更希望能徹底摧毀他那隱藏在肉體世界裡不為人知且無可救藥的自負，並將他拽到陽光下這個正派的世界裡。妙子想讓他明白，在一個講求循規蹈矩的世界中，不管他長得多麼俊俏，區區一介學生根本沒有任何力量。為了教會他這一點，首先必須幫助他了解，自己只不過是一個勢單力薄的學生而已。

「今天是你的首度亮相喔。」妙子開心地對他說。

「我可沒打算進軍時裝界。」

「不是那個意思，是指你和我一起在社交場合社會亮相。從今天起，我們再也不必偷偷見面了，我會向大家介紹『這是我的外甥』。當然，誰也不會當真相信你是我的外甥，不過，我認為我有足夠的分量，讓大家不敢當著我的面說三道四。」

「那麼，我要叫妳『姨母』嘍？」

「我不喜歡你稱我姨母！要稱妙子女士。」

「那麼，妳怎麼叫我呢？」

「和以往一樣，叫你阿千呀。」

「可是我只能稱妳是『妙子女士』？哼，真做作！」

「你不是很擅長扮演紳士嗎？」

「以前只當是生意啊！」

「往後也一樣嘛。人生在世，不過是一場買賣。」

為了這一晚，妙子特地為千吉量身訂製了一套黑色的仿麂皮面料西裝，並且送了他純白的領帶與珍珠領帶夾，赴宴之前還囑咐千吉先到她的公寓接受仔細的儀容檢查。

那天晚上妙子提早離開洋裁店，回到公寓裡換上服飾，與來到家裡的千吉並肩站在穿衣鏡前。

妙子的小禮服是黑色的，僅在胸前別上一只蒂芬妮的鑽石胸針，而千吉同樣是一身黑西裝。

「簡直像去參加喪禮似的。」

千吉雖然嘴上這樣說，但是望著映在鏡裡的雙人儷影，似乎頗為得意。

事實上，這對衣著隆重的俊男美女儘管年齡有些差距，仍是萬中選一的一對璧人，恰恰滿足了千吉的虛榮。熟悉的肉體裹在這種一本正經的合身禮服裡，反而產生了身體與身體之間相互暗中呼應的刺激。這就是穿衣的哲學。

兩人抬頭挺胸，為鏡中人的身影而著迷，宛如正在聽賞高層次的音樂所帶來的感官饗宴。妙子心想，如此標緻的兩個人相擁而眠，該是多麼美妙、多麼美好的畫面哪！

二十七

兩人正要步入帝國飯店新館的宴會廳，妙子忽然在等待電梯的人群裡，瞥見了川本鈴子和松井信子的身影，連忙揪住千吉的袖子，拉著他邊走過去邊說：

「等一下，我不曉得她們也來了呢！」

妙子拍了拍她們的肩膀。電梯恰巧抵達這個樓層，一群人擠了進去。妙子沒讓鈴子和信子進電梯，並且不由分說，拽著她們前往大廳。

「怎麼了？到底發生什麼事了？」

兩人滿頭霧水，隨著妙子和千吉到了大廳角落的一處電話亭前。

「有事拜託。大家都是好朋友，一定要幫我這個忙！從今天起，千吉就是我的外甥。過去的事絕對不能說出去喲！」

「過去的事？他已經辭掉風信子了嗎？」

「就連『風信子』這三個字也萬萬不能提起！」

「這點小事當然沒問題，可就算我們絕口不提，去過風信子的人不在少數，那些人也都認得阿千呀？」

「沒關係，真的認出他了，到時候再臨機應變。總之，妳們兩人一直裝糊塗就行，好嗎？可以答應我嗎？」

「那當然。」鈴子和信子異口同聲答應下來。

「嗯，真是太好了！」妙子輕輕拍了拍胸口。

「還以為是什麼天大的事呢！小題大作。」兩人嘟嘟囔囔抱怨，目光轉向千吉，開始打量起這一身盛裝。

「嘩，阿千，你簡直變了個人似的，還以為是哪個國家的王子來了呢。」

「小的不敢，夫人過獎啦。」千吉故意用卑屈的口吻來掩飾難為情。

「哎，一開口就露餡嘍！」

「三位夫人，那可未必哦。」

「別用那種語氣講話嘛，聽起來真不舒服。」

「自然一點。千吉，拜託你態度自然一點。」妙子在一旁頻頻提醒。

「知道啦，包在我身上！」

鈴子穿著隆重的刺繡小禮服，信子則以一襲和服出席。

千吉一加入話局，立時攪亂了這三個女人原本聊天的風格，不管談論什麼話題都變得歡樂無比，連妙子也無法矯正回來。

「穿上露肩的小禮服，總覺得肩膀有點冷……」鈴子提高嗓門說，「真希望找到一雙毛茸茸的男人臂膀當成圍巾裹上。」

「想要那種圍巾，大廳裡多得是呀。」

「不，我才不要那種外國皮草。」

不可否認的是，千吉的在場影響了她們談話的方向。

即便千吉否認，他身上似乎會散發出一種男性的吸引力，使女人變得徹底坦白、不知羞恥、不顧體面、赤裸裸地展現其精神原貌。所以，就算他板起面孔，女人在他的面前仍能安心地露出真面目，變得放蕩輕浮，破綻百出。

妙子儘管不喜歡這樣的情況，也只能當成是守住那個祕密的代價。更何況當妙子在電梯口發現鈴子和信子時，一方面覺得不知如何是好，但內心也不禁竊喜，認為恰好是挽回名譽的大好機會。畢竟上回一行人去酒吧卻撲空，沒能介紹千吉給她們認識。

「我們會幫你保密，所以你對我們要溫柔喔。」說著，鈴子挽起了千吉。

「怎麼個溫柔法？」

「隨你喜歡怎樣都好。」

「不行！要溫柔可以，但是必須保持一公尺以上的距離。」妙子立刻架起了防禦網。

「妳乾脆隨身攜帶捲尺算了。」信子冷冷地頂回一句。

總而言之，看在別人的眼中，千吉就像是三位成熟女子相互爭奪的幸運兒。一群外國男性觀光客昂首闊步以示威嚴，但在經過他們身邊時，卻連連瞄上好幾眼，充滿欣羨的目光。

二十八

四個人搭上電梯，抵達八樓的宴會廳。支付了慈善會費，進入會場以後，體態保養得宜的主辦人楠先生穿著合身的簡式無尾晚禮服過來向妙子問候：

「別來無恙？我為您們留了兩處座席，一處是與L國大使伉儷同桌，另一處是與室町夫人同桌，請隨意選擇。」

這時，妙子面臨了抉擇。身為纖維公司董事長夫人的室町夫人是她的客戶，今天之所以來參加這場由另一家纖維公司贊助的時裝展示會，想必是為了刺探敵情而來。按理說，妙子應該去逢迎巴結這位夫人，可是這麼一來，她就不能和鈴子及信子聊些愚蠢的笑話了。至於另一桌的L國大使夫人同樣是洋裁店的老主顧，也就是經常舉辦妙子謔稱為「幽靈晚宴」的女主人。其他桌位也有不少妙子店裡的顧客，若和外國籍的大使夫人坐在一起，應該比較不會引發其他顧客的不滿。另一個好處則是大使夫人聽不懂日語，所以他們這四個日本人可以盡情交談。

「那麼，我們到大使那一桌去。」妙子回答。

「很好，現在就由侍者帶位。先告訴妳一個緊急情況，剛才聖羅蘭昏倒了。」

楠先生眼周的皺紋蹙得更深了。

「哎呀，怎麼會昏倒了呢？」

「舟車勞頓加上心力交瘁。畢竟他像小鳥一樣，禁不起任何風吹草動。」

一旁耳尖的信子也聽到了這個消息。「他昏倒了？真是太合我的心意了！」她湊在妙子的耳邊嘀咕。

「妳不是最喜歡這種弱不禁風的人嗎？不如過去探望一下吧？」

「在那扇金箔屏風的後面，有個可憐而蒼白的神經質天才設計師昏倒了，一群人正七手八腳忙著打針餵藥的，我最喜歡湊這種熱鬧了！從照片上看來，那位聖羅蘭和蕭邦長得很像呢。」

大宴會廳的盡頭豎立著金碧輝煌的折屏式金屏風，從進門處鋪著一條細長的地毯直到屏風前面，沿著地毯的兩側以コ字形擺置了許多張餐桌，入座的賓客約莫接近九成了。方才聽到了那則消息之後，水晶吊燈的燦爛光彩彷彿也隱隱透著不安。妙子由著自己恣意浸淫在後台發生的意外，以及裝扮得花枝招展的賓客，兩者並存於同一時空的絕妙對比之中。如同她帶來赴會的這位冒牌貴公子，其身上同樣具有虛假與真實的華麗融合，令她感到愉悅。而這正是晚宴存在的價值與意義。

來到他們的桌位時，大使伉儷尚未入座，四個人得以舒服地分享這張六人餐桌。

「阿千一定會覺得很無聊。」信子點完酒以後，立刻下了結論。

「如果和觀賞拳擊賽相比，他當然想去那邊嘍。」

「那麼，為什麼來這裡呢？專程陪『姨母』來的嗎？」

「這個嘛，大概就是這個理由吧。」

妙子也早就猜到了千吉會覺得無聊。強迫千吉陪同前來的樂趣、欣賞千吉為了迎合自己而忍受無聊的表情的樂趣、用女性極度充滿虛榮的活力來折磨千吉的樂趣……這一切全都在妙子的算計之中。話說回來，如果千吉喜歡看時裝展示會勝於拳擊比賽，妙子打從一開始就會對他不屑一顧了。

稍後將作為伸展台的那道長地毯，左右兩側都設有桌位。妙子認出不少時裝界的有力人士都坐在對面，正準備起身去打招呼，影評家信子卻把批評的矛頭指向了妙子：

「妳這陣子看起來朝氣蓬勃，已經不再是以前那副有氣無力的模樣了。真氣人呀！」

「謝謝。若以妳給電影打分數的等第，應該是B+嘍？」

「正確。就像一部雖然朝氣蓬勃又色彩鮮豔，但是稍嫌通俗的愛情劇。」

「喲，感謝您精闢的見解。」

「先聽我講另一件事。」鈴子又聊起她常說的話題了。「最近有個R大學的男孩愛上我了，真讓人不知該怎麼辦才好。那男孩為了和我見上一面，已經來我餐廳吃了少說八十盤的義大利麵了。」

「哎呀，那不就非但不會為愛消瘦，反倒是增肥添肉了？」

「那男孩本性倒是不錯，可是一旦認真起來，怪嚇人的。他說參加了R大學的空手道社，真怕他哪天一生氣就要打人。」

「R大學根本沒有空手道社。」千吉補充說明。

「真的嗎？那麼是他騙我嘍？」

他們這個話題還沒聊完，楠先生從後方匆匆走來，向妙子附耳低語：

「真是棘手啊。聖羅蘭剛才雖然醒了，卻一直哭哭啼啼的。展示的服裝還有三分之一尚未順利通關，而從羽田機場送到這裡又得花上好一段時間。」楠先生身為主辦者，轉述這些消息時卻彷彿很開心似地滿面笑容。

「哎呀，那可糟糕了，怎麼辦呢？」

「船到橋頭自然直，總會想出解決方法吧。不過，恐怕沒辦法按照原訂計畫，於展示會結束後舉行餐會了……」

楠先生話音未落，擴音器已傳出了司儀的聲音：

「各位嘉賓，由於聖羅蘭大師身心疲累，展示會將延後舉行，謹向各位致上十二萬分的歉意。在此宣布流程將有所更動，敬請先行用餐，耐心等候活動展開。」

「……所以就改成如此這般了。」楠先生話才講完，已經不見人影了。

「既然是自助百匯的形式，那就不必脫手套了。」

妙子原本正要脫下小山羊皮黑色手套，看了現場以後作罷。

賓客紛紛起身，陸續聚向沿窗擺放的百匯餐檯拿取餐盤。

四個人剛要離座，一個侍者過來轉告：

「大使伉儷不克出席，敬請隨意使用本桌位。」

四人站起來走向餐檯，妙子沿途遇到了好幾位認識的人。這段取餐之路彷彿是一場越野賽，途中必須歷經重重阻礙。

其中一桌坐著知名政治家的全家人。大家都知道那位政治家是個相當顧家的男人，即使上夜總會或酒吧，也一向帶著夫人和二子二女前往，並且全家人都非常洋派作風，每次夫人起身要去化妝間，這位政治家和兩個兒子也會依照禮儀站起來。有一回妙子遠遠地目睹這幕情景時吃了一驚，還以為他們準備打架了呢。

那位政治家的兩邊面頰像鬥牛犬般鬆垮垂落。妙子向前致意，他立即起身，扯著破鑼嗓子說道：

「哎，每次見面總是美麗如昔！」

告別了政治家，又走了幾步以後，千吉才開口問說：

「剛才那位，是河井順之助吧？」

「是呀。」

「他為什麼要來參加時裝展示會呢？」

「在場的人，每一個都各有目的。譬如，贊助這場展示會的纖維公司，也捐助了河井先生不少政治獻金。」

等到他們一行人總算抵達百匯餐檯時，又有人拍了拍妙子的肩膀。原來是洋裁店的客戶，室町秀子董事長夫人。

室町夫人自從在L國大使館元月舉辦的晚宴上遇到了妙子之後，對她佩服得五體投地，再也不光顧之前的洋裁店，全權交由妙子為她量製高級訂製服，一個月就做了不下十套。妙子對室町夫人採行的心理戰術是，並非運用剪裁技巧來隱藏她體型豐滿的缺點，而改以建議她穿上華麗大膽的設計，充分展現自身的特色。室町夫人以前花大錢訂製的服裝全都不堪入目，經過這番改頭換面，如今在穿著打扮上變得有品味多了。夫人對妙子的全盤信任不只在穿著方面，甚至連感冒藥的牌子也都聽妙子的建議。

「妙子小姐，等您好久了呢。我一直在找您，想和您坐在一起。」

「是嗎？向您陪個禮。」

妙子經常以上流階級略顯高傲的態度，吸引中產階級的夫人產生仰慕。

妙子接著為她介紹了鈴子和信子。

「這位是『露易絲餐廳』的店東，這位則是影評家……」

「我造訪過露易絲一次喔，時常在《世界週刊》上拜讀松井小姐的專文……」

室町夫人十分親切地回應。

「這是我外甥，姓佐藤。」

「外甥？您的嗎？長得真瀟灑。府上都是俊男美女的血統哪。對了，我想和您們坐在一起。我們那桌真無趣，都快悶死了。那邊還有空位嗎？」

「剛才聽說大使伉儷……」

妙子連話都來不及講完，夫人已先自顧自地說：

「太好了！您們的座位就是那一桌吧。取餐之後再移過去，不過要帶著小女一起。我家聰子上哪兒去了……」話沒說完，夫人已消失在人群之中。

四個人將烤牛肉之類慣見的菜餚夾進餐盤，饑腸轆轆的他們一回到座位就大快朵頤。這時，室町夫人牽著女兒的手來了。千吉被妙子悄悄以手肘輕推了一下，趕緊將餐巾放到椅面，站了起來。

「這是小女聰子。身邊帶著這麼大的女兒，我的年紀想瞞也瞞不了人嘍。」

「哪兒的話，二位就像一對姊妹花呢！」

聰子穿著一襲充滿青春氣息的粉紅色小禮服，端莊地坐在椅子上。

她算不上出色的美女，具有時下少見的大家閨秀氣質。臉上略施薄粉，五官端正，沒有緊閉的嘴唇顯得有些稚氣，豐腴的肩膀與手臂泛著水潤光澤，臉上沒有特別的表情，隱約透著任性。她全身上下最美的就是那雙眼睛了。和那些模特兒經過人工雕琢的病態深邃眼睛相比，她的較為細長，也較為淺平，但是當這雙晶亮墨黑的眸子稍稍望向別處時，讓人彷彿看到一個溫柔可愛的夢境在面前飄遊。縱使她自身無意編織幻想，可是別人與她在一起卻似乎很容易陷入美夢之中。

「我是妙子女士的外甥，名叫佐藤千吉，目前還在上大學。姨母不久前做了這套西裝送我，她說既然有了新衣服，總得找個適當的場合穿出來亮相，於是帶我來到了這裡。」

「這年頭的大學生和以前不一樣了，穿起西裝特別好看呢。」室町夫人說道。

「聖羅蘭新款領帶最近上市了。」一旁的聰子說。

「真是的，妳怎麼會對領帶有興趣呢？」室町夫人擔心地詢問。

「何必大驚小怪，只是看到擺在專櫃上賣而已嘛！」聰子不高興地嘟起了嘴巴。

千吉表現得格外穩重。由於不曾與這種典型的千金小姐接觸過，因而不像面對年增園的成員時那樣嘴尖舌巧。沉默寡言的千吉給人一種傲慢自大的印象。

「你真是的，漂亮的千金小姐一來，竟裝模作樣起來了。」鈴子的話很不客氣。

這時，千吉突然開口說了一段話，使得在場包括妙子在內每一個人，無不大為震驚。

「就算不漂亮，只要來的是年輕的，態度自然不一樣了。」

二十九

妙子已經來不及推頂千吉的手臂阻止他了。只見聰子臉色一沉，別過臉去，同桌的幾位頓時噤聲無語。唯獨室町夫人方才被別處引開了注意力，沒有聽到那段話，仍能滿懷欣喜地說道：

「快開始嘍，樂隊已經就位了。」

可惜眾人等了很久，服裝展示仍然遲遲沒有正式開始。

贊助活動的纖維公司董事長先以半吊子的外語做了開場白，然後是一串乏味又冗長的致詞，好不容易等到結束了，又輪到一位法國的總經理上台致詞。

終於，音樂響起，司儀報出型錄上的編號，一位華裔中年女士、亦是當紅的《VOGUE》雜誌模特兒雅羅，眼上貼著極長的假睫毛，身穿深藍色的套裝搭配凸紋白色襯衫，身段悠然地出現在金屏風前，時間已經是九點多了。

女士們立刻被那美麗的身影吸引住了，完全忘了千吉的存在。

雅羅宛如漫步雲端，背略駝、腹微突，帶著惡意眼神，倨傲地走在伸展台道上，倏然露出皓齒一笑。那抹笑容只出現短短一瞬，旋即換回若無其事的表情，而那對鳳眼中又斂著靜肅灰暗的惡意。她走完一圈，帥氣地脫下外套，俐落地一個轉身，回到了金屏風前面。臨退場前還擺了個與《VOGUE》雜誌滿版照片如出一轍的優雅中透著慵懶的定格姿勢。

「剛才那位直到三、四年前還是克里斯汀・迪奧的專屬模特兒。」妙子展現她豐富的情報知識。

「這兩天我不是一直咳嗽嗎？從昨天就開始擔心該不會得了喉癌吧！」室町夫人也跟著發表自己新學到的詞彙。

三個法國模特兒與三名日本模特兒輪流上場。就在這時，楠先生又從後方經過，在妙子身後駐足，看似比早前更為欣喜地說道：

「已經沒事了！今晚最關鍵的晚宴服剛剛通過了海關，還特別拜託警方駕駛巡邏車，沿途鳴笛開道緊急運送過來。聽說是由於天候不良導致班機延誤了。」

「您說鳴警笛？還用巡邏車送來？」鈴子高聲驚呼。

「那麼，聖羅蘭呢？」

「他一聽說問題解決，立刻振作起來了。沒辦法，他的神經就和鐵絲一般纖細。」

「唉，真可惜。」信子說。

楠先生似乎不明白信子話中的含意。

在他們交談的期間，服裝展示仍然流暢地持續進行。

每個模特兒都戴著如飯碗般大小的帽子，踩著像魚缸裡悠游的金魚一樣輕盈的腳步，很快的給個笑臉。

個頭嬌小的模特兒寶拉穿著尺寸過大的鞋子出來展示，好幾次鞋子都險些滑落，她只好頻頻停下再重新開步。

坐在伸展台道另一側的幾位大設計師，猶如觀看網球比賽時視線不停追著球跑似的，脖子忙碌地左右扭動。一位身披紫色紗麗的美麗印度婦人面露恬靜而超然的神情，從傳統美學的高度與哲學的角度，獨自俯瞰這場時裝展示會。另外有個穿著無尾晚禮服、童山濯濯的外國男士，每隔一分鐘總要打一次呵欠。

一連看了約莫三十套服飾之後，妙子擔心千吉可能覺得無聊了，原本固定在型錄與模特兒身上的目光悄悄移向千吉，發現他似乎漫不經心看著金屏風。循著他視線的方向望去，恰巧可以看到聰子柔美的側臉線條。這使妙子有些不高興。

伸展台道對側有一位年約五十、蓄著白髭的紳士，神情愉快，兩眼閃爍光芒，十分隨興地盤腿坐在地毯上，手裡相機的閃光燈閃個不停，顯得格外標新立異。

「Numéro ❸ 57。第五十七號。」

司儀廣播後，走出了一個日本模特兒穿著和仙客來的花朵一樣顏色的羊毛大衣。

「看起來真可愛。」

「喜歡那件嗎？」

室町夫人問了女兒。聰子似乎氣還沒有消，只冷冷回了一句：

「我才不要那種款式呢！」

從第七十三號那件縫綴著金貝殼的短襬晚禮服開始，接連展示了許多件華麗的晚禮服，這時已經將近十點半了。儘管無從得知後台是否忙得天翻地覆，但從順暢的流程，以及模特兒進出場時臉上不慌不忙的表情看來，這場時裝展示會應該能夠順利接近尾聲，可喜可賀。

「覺得無聊了？」妙子壓低聲音，開口問了千吉。

「是啊。」

「再忍耐一下下就結束了。今晚到我家睡？」

「好啊。」

「明天一大早有課嗎？」

「下午才有課。」

「知道了。」

妙子覺得莫名的孤單。明明身在如此華麗歡騰的環境中，心底卻好像被一陣風揚起了些許沙塵似的。她無意責備千吉，但仍想把事情問個清楚：

❸法文「號碼」、「編號」之意，即英文的「number」。

「你剛才為什麼說那種話？」

「真囉唆。」

「這樣會造成我的困擾。」

「不會妨礙妳的生意啦！」

「你怎麼可以……」

妙子沒再往下說了。片刻過後，千吉或許看妙子可憐，於是對她說：

「對不起啦。」

「不要緊。」

妙子留意著不讓別人察覺，在桌子底下握住千吉的手。

「這是我的壞毛病，總是忍不住冷嘲熱諷。」

「別說喪氣話，你可是一匹野狼喔。」

他們又沉默了一會兒，妙子主動與千吉十指交纏，然後用幾乎聽不見的氣音說：

「我喜歡你。」

千吉使勁回捏，妙子戴著小山羊皮黑色手套的手指被捏得翹了起來。他同樣對她說：

「我也是。」

這時，聰子擱在膝上的手提包不慎滑落，於是低頭探到桌下撿拾，卻看到匆忙分開的兩隻手。當聰子起身坐直時，一張臉倏然從面頰漲紅直到耳邊。妙子見狀，頓時愣住了。

從暈厥、哭泣，好不容易才恢復正常的聖羅蘭大師，此時難為情地低著頭，站在金屏風前面以法語致詞，內容了無新意。

三十

時序已入五月，仍如梅雨般下個不停的某一天，千吉來電詢問妙子今晚是否有空。妙子這天恰巧沒別的事，但即使有重要的工作會談，接到聲音如此溫柔的電話，她根本無法拒絕。

不過，妙子原本以為他的邀約若不是觀賞拳擊賽，就是吃吃喝喝到處遊逛，於是隨口問了聲：

「幾點？約在哪裡？」

沒料到千吉的回答令她相當意外。

「我要到妳家吃飯，舒舒服服看書。妳去準備吧。」

「哦，那麼，你想吃哪一家的餐點呢？我想，露易絲餐廳會很樂意提供外送的。」

「真掃興。不過是一頓飯，妳自己動手做就好了啊。」

丟下這番話後，千吉逕自掛了電話。

妙子很驚訝自己女性嬌柔的一面，居然足以讓千吉打來形同耍性子的電話。問題是她從小只學到了上流社會那些無謂的社交禮儀，對於烹飪根本一竅不通。想當年和前夫住在一起時，家裡還聘了專業的廚師。

妙子急忙提早下班，立即驅車趕往位於青山的高級超市。她推著銀色的手推車，買下一片大約三百克重的紐約客牛排、無農藥的綠花椰菜、新鮮綠蘆筍、美國罐頭製造商立比公司生產的冷凍薯條以節省烹調馬鈴薯的時間、羅曼諾夫公司製造的魚子醬、整支煮熟後削下玉米粒的進口玉米罐頭、抹魚子醬用的三明治吐司一斤、一條法國麵包，以及做甜點用的傑樂巧克力凍糕粉等等，全都一股腦扔進手推車裡，推去結帳。結完帳後發現，如果扣除兩人份牛排的一千二百圓、以及同為一千二百圓的魚子醬，其他總共才三千五百圓。如果上餐廳享用同樣豐盛的餐食，少說也得花費六、七千圓。只要先不去想自己有待商榷的廚藝，單看結帳金額，妙子很開心省下了不少錢。三千五百圓差不多只值顧客在她店裡訂製一件服裝的四分之一而已。

等她捧著一大袋食材回到公寓時，先一步用妙子給的備用鑰匙進了屋裡的千吉，來到門口迎接她並送上一個吻。

「等一下嘛，先讓我把東西放下。」

這一晚，雨時下時停，濕度超過八十。千吉身上的全黑毛衣，散發出摻雜著霉臭味與印度蘋果氣味的一種古怪的青春氣息。妙子只是將臉埋在這件再平凡不過的機械編織毛衣裡，就對這件毛衣的觸感有種說不出的依戀。平時一個人回到家裡總是冷冷清清的，今天晚上感覺真正回到了穿著這件毛衣的寬厚胸膛裡。

然而，妙子一如往常，說起了反話。

「為什麼要在家裡吃飯呢？你不是討厭女人擺出妻子的模樣嗎？」

像這樣無時無刻都想表現出「你在想什麼都逃不過我的法眼」，可以算是妙子的壞習慣。先下手為強，堵住對方的嘴巴，如此一來對方即便想說句體己話，也很難啟齒了。妙子實在是一個不善等待的女人。

千吉沒有作聲，走回客廳，往立燈下的那張安樂椅一屁股坐下，享受著早前一進門就把收音機調至遠東廣播網頻道播放的音樂，並且開口說：

「快點做飯啦！我好餓，快餓扁了。」

這時，映入妙子眼中的情景，正是由在立燈映出的圓形光暈下的千吉所成就的一幅畫，而這幅畫在妙子的心裡勾勒已久了。

眼前這個年輕人之所以擺架子逞威風，因為那就是他所憧憬的「家庭」的樣貌。妙子沒有問他手上的書是什麼，眼睛已經瞄到那是經濟系學生必讀的經濟學理論或經濟史之類的艱深書籍。千吉聽著爵士樂，煞有介事地拿紅筆在書上畫重點。這些全是妙子連作夢都想像不到的景象。

他竭力假裝聚精會神。妙子也明白這一幕其實是一個年輕人孤獨的幻想，只要伸出指尖輕輕一碰，一切就會化成灰燼。妙子了解這時候不可以去打擾他，任由這個以為自己能成為人上人，但目前還不成氣候的年輕人，恣意徜徉在這個夢境之中。

妙子把從來沒用過的圍裙套上脖子，打開廚房燈，趁千吉不注意的時候匆匆瀏覽了食譜，趕緊往牛排撒上胡椒和鹽巴，再把切好的洋蔥浸在大量的沙拉油裡，然後打開魚子醬罐頭，將吐司麵包切成火柴盒大小後送進烤箱，取出後連同奶油一起送到千吉那裡。

「先用這個配威士忌墊個肚子，我馬上就好了。」

「嗯。」

千吉隨口應了一聲，全神貫注在經濟學教科書上，眼睛根本離不開書頁，簡直像在讀一本令人血脈賁張的精采小說似的。

妙子再拿來蘇格蘭威士忌、冰塊和冷開水，擺在千吉手邊後，又回到廚房去了。

她過去也和非常年輕的男孩交往過，但還是第一次心甘情願安撫像他如此任性脾氣的人。她難以接受自己居然心急火燎地趕著下廚，只好一再告訴自己這不過是在扮家家酒而已。

當然，平時早餐都是親手做的，那麼簡單的事連小孩子都會。中午是請人送點份量不多的東西到店裡填填肚子，晚間若沒有邀約的聚會，就到六本木一帶的餐廳帶些佳餚回到店裡享用。這就是妙子一日三餐慣常的解決方式，她對日常飲食並不怎麼講究。到電視公司錄製時裝節目時，即使是附設員工餐廳的難吃餐點，她也不在意。

她馬上面臨到該如何把薯條解凍的難題。包裝袋上建議的做法是在室溫放置四個小時解凍，可是她根本沒有那麼多時間了，乾脆一不做二不休，把一大鍋水燒開了以後，將綠花椰菜、新鮮綠蘆筍和冷凍薯條，統統扔進鍋裡去了。

不幸中的大幸是，妙子擁有一台多爐口的瓦斯爐。她在另一個爐口上炒起了加入大量奶油的玉米。由於不懂烹調的步驟，一時間，廚房的喧騰簡直可比戰場。要淋在蘆筍上的奶油醬還沒做，煎牛排的平底鍋也得先熱鍋才行……妙子根本無暇察覺，單手握著書的千吉正露出竊笑，過來偷窺廚房慘烈的戰況。

千吉那張俊秀而狂妄的臉上隱約浮現了一抹滿意，像是老師處罰得意門生時的神情。

雖然千吉的微笑中充滿惡意和促狹，但同時也蘊含著純真與直率。妙子其實很生氣，可是她從沒看過千吉露出這種孩子般的純真微笑。

這個微笑震懾了妙子。再加上不善烹煮的自卑感，她腦筋無法如常運轉，既說不出平時的戲謔言語，也無法開口喝令他「快過來幫忙」。在暈頭轉向的忙碌中，妙子對自己發出充滿母性光輝的聲音感到錯愕。

「馬上就好了喔！再等一下下喔！」

「哎，我好餓，快餓扁了……」

千吉嘀嘀咕咕，又走回客廳那邊去了。

三十一

總算連餐後甜點的凍糕也擺進冰箱了。遺憾的是，端到餐桌上的餐餚，有的燙口，有的半溫，有的已經涼了。

「來，可以開飯嘍！」

儘管喊人的聲音中氣十足，但妙子心知肚明，這些實在不夠資格稱為她的拿手好菜。
千吉坐在她對面，把餐巾攤展在腿上，安靜地拿起了刀叉。
妙子緊張得像在等候判決。她在性愛中向來無所畏懼，此刻卻怯懦地沒有自信，唯恐男人吃得不滿意。仔細想想，桌上的菜餚他應該連一道覺得好吃的都沒有。
「好吃！」
千吉猛然大喊一聲，並且飛快地將牛排一口口送進嘴裡。那塊肉消失的速度，可比浮在熱水上瞬間融化的冰塊。
「真的？」
妙子脫口反問，絲毫不介意對方會從這句話中聽出滿滿的幸福感。不過，她隨即習慣性地對眼前的情況下了注解。
「一定是因為你肚子餓了。」
她叉起一根用水煮方式解凍的薯條，一入口就忍不住皺了眉頭。薯條的外觀還保有漂亮的波浪狀，但是一咬開，裡面卻像稀飯一樣軟糊糊的。

妙子觀察千吉，薯條他只咬了一小段就沒再碰了，倒是其他的菜餚吃了個盤底朝天。在他火力全開，將盤中飧一掃而空的這段期間，兩人幾乎沒有交談。這頓晚餐宛如在進行某種儀式。

妙子回想起第一次約會時，千吉沉溺於小鋼珠，扔下她一個人的那一幕情景。小鋼珠也好，她親手做的晚餐也罷，在千吉眼中都是一樣的。這種像隻飢餓的狗瘋狂進食的模樣，足以用來解釋千吉這個男人為何時常不在乎外界眼光的孤獨天性。

這是他的強項呢？還是他的弱點呢？這麼說，千吉長久以來渴望從外界得到溫暖的這個夢想，在其天性的阻撓下，只能默默放在心裡祈禱那一天的到來嗎？

妙子對自己做的餐食完全沒有食慾，看著無法下嚥的大塊牛排，望向胃口大開的千吉。

換個角度觀察，眼前的景象稱得上豪氣十足。她從來不和只吃一點點東西就飽了的男人交往。

一喝完咖啡，妙子馬上起身洗碗。千吉抽起了妙子為他常備的美國菸，坐回安樂椅，聽著收音機的音樂發愣。他不輕易開口詢問是否需要幫忙。

妙子總算收拾停當，在千吉對面的長椅坐了下來。

古怪的沉默，奇特的滿足，異樣的平靜。千吉沒有說話，妙子也決定不先開口。

不久，面無表情的千吉講話了：

「好安靜……我從來沒有過這樣的夜晚。」

單從這一句話，妙子已經完全了解他沒有說出口的千言萬語。

在如此平凡、如此平穩的「家」裡享用一頓寧靜的晚餐與飯後的閒情……妙子也很少度過這樣的時光，或許這更是千吉多年來渴望的夢想。

妙子險些告訴他，「這點小事算不上什麼，隨時可以為你做」，旋即發現這個想法太愚蠢了，因而作罷。妙子認定，千吉不想聽到任何會聯想到「我們永遠在一起」的暗示。

所以，當妙子從千吉平靜的話語中，罕見地聽出了他有意刺探妙子的想法時，她決定就此打住，不對他步步逼進。

不讓人厭倦，這是老於世故的妙子分分秒秒費心經營的結果。她其實沒有必要矜持，卻刻意讓人看到她的矜持。在處理千吉與自己的關係上，妙子同樣極力守護這一份獨屬於自己的生活，不希望為任何人破例。

或許千吉感受到了這不知從何而來且如頑石般堅決的回應，他打了一個小呵欠，視線落回經濟教科書，牢牢地鎖上了嘴巴。沉默頓時壓得人喘不過氣來。

不服氣的妙子也去書櫃抽出一本推理小說來看。都已經知道書中的詭計和逆轉的情節了，根本提不起興致重看一次，於是對千吉的沉默愈發在意，一個個鉛字散漫地從眼前滑過。

漫長的時間過去了。

千吉打著呵欠，用力伸著懶腰，起身來到長椅往妙子身邊一坐，一股勁猛搔頭。

「天呀，哪裡來那麼多頭皮屑！」

頭皮屑紛然落在妙子的裙子上，嚇得她跳了起來。

「那又怎樣！」

千吉瞪大眼睛站了起來。

妙子開心地高聲說：

「這麼不愛乾淨的人，我可要躲得遠遠的！」

一看千吉好像真的要撲過來抓她，她尖叫起來，在屋裡為數不多的障礙物之間四處逃匿。這種成人的捉迷藏遊戲一旦開戰，比起孩童認真的程度絕對有過之無不及，甚至更為驚心動魄。

兩人隔著餐桌四目相瞪，只要看到千吉稍有動作，她立刻反向躲開，最後終於衝進臥房裡。臥房只有一個出口，她也就無處可逃了。

千吉把妙子按向床鋪，以適中的力道控制她不停掙扎的身軀，拉開了洋裝背後的拉鍊。隔壁房間灑入的微暗燈光，映出了妙子引以為傲的嫩白腴潤的背脊。

比起晚宴服，低胸禮服更能展現妙子最自豪的肩背線條。這是她氣度高傲的信心來源，如此富脂貴腴的背部，在小酒廊的陪酒女郎身上絕對看不到。千吉循著她背中央的低坳，落下一個個吻。

妙子幾乎無法喘息，顯然正沉浸在被箝制住的歡愉之中。要除去女人的衣物相當麻煩，有數不清的鉤扣必須解開……她儘管被牢牢壓在床上，但當那些鉤扣在蠻力下被逐一卸除時，每解開一處，她感覺自己彷彿被釋放到另一個從未去過的烈火新世界。

千吉像一隻在雪地裡歡鬧的小狗，狂亂地在她身上的每一處猛然強吻，她的連身襯裙傳來了尖細的撕裂聲。

妙子心裡明白這只是男女之間的調情，但如果只當成是粗暴的調情方式，未免可惜。她讓自己在這由真實而鮮明的恐懼所帶來的喜悅中，想像著千吉犀利、殘酷、絕美的一雙眼眸。

過後，妙子第一次感受到，千吉的溫柔好似純白的絲綢，無比柔滑薄透，輕飄飄的全面覆蓋在自己裸露的肌膚上。

「他對妳溫柔嗎？」

她忽然想起了信子的問話。這句話當時曾重重刺痛了妙子，連自我解嘲的力氣都失去了；如今同一句話，已經變成單純、沒有其他用意的詢問了。

「是呀，他對我就是這麼溫柔。」

妙子現在已經有信心能夠給出這個答案了。其實，她更希望讓信子親眼看到這筆墨難以形容的無盡溫柔。只要目睹這一幕，即使是生性多疑的影評家，應該也會相信妙子所言不假吧。

兩人挪動如黃金般沉重疲憊的手指，玩弄著對方的髮絲。直到此時，窗外的雨聲才傳入了他們的耳中。

「我問你，要不要搬來這裡？明天搬來也行。……我只是想和你住在一起而已。」妙子詢問。

「嗯。」千吉爽快答應了。

三十二

隔了一天，妙子一早推開窗戶，等待千吉的身影出現在公寓面的前庭。該上班的人都出門了，公寓迎來了一天之中最安靜的時刻。停車場裡的車子差不多都開走了，在灰陰的天空下，水泥地面顯得蒼白且空蕩蕩的。

妙子暗忖著千吉的行李裝進一輛計程車就綽綽有餘，而計程車肯定會從社區大門駛進前庭。那將是值得紀念的剎那。妙子到現在還沒有和任何人「同居」過，而這道規矩就在今日解禁了。

她對自己做事不再瞻前顧後，已經一點都不驚訝了。她認為這是溫柔所導致的必然結果。那既是妙子的溫柔，也是千吉的溫柔。

她想撤回自己過去所有的理論，試著慢慢證明兩人住在一起有多麼自然。這並不意味妙子現在突然勾勒起如夢似幻的幸福美夢。比起過得幸福，只要能夠相處自然就夠了。殊不知「自然」這兩個字，對從前的妙子簡直遙不可及！

就在這個時候，一陣叮鈴叮鈴的車鈴聲由遠而近傳了過來。一輛腳踏車拉著一台兩輪拖車穿過了社區大門。妙子連狐疑「不曉得是公寓的哪戶人家訂購的商品送來了？可是，瞧那拖車上載的破銅爛鐵，到底買了什麼呀？」的時間也沒有，當下就發現騎在腳踏車上的人是千吉了。她慌慌張張地衝出屋外，朝電梯狂奔而去。

公寓前，千吉跨下腳踏車，站在玄關擦汗。他又穿著那條破損的牛仔褲和白得刺眼的T恤，整件T恤全被汗水濕透了。

「我的天，你居然自己搬來了！」妙子不敢置信地說。

「對啊。」

千吉一派輕鬆地從拖車上扛起了兩三個裝衣服的箱子。妙子匆匆看了一眼，拖車上只有寥寥幾本書，倒是裝衣服的箱子堆得滿滿的。

忙了好一陣子，總算把行李都搬進妙子家裡了。千吉接過妙子遞來的可口可樂，仰頭牛飲。

「妳該去洋裁店了吧？」

「是呀，今天晚了些。」

「不好意思啦。那麼，出門前答應我一件事。」

「什麼事？」

千吉眼中閃動的光芒格外銳利。

「我搬來和妳住在一起的條件只有一個，那就是即使住在一起，也絕對不可以干涉我的自由。假如干涉我，到頭來吃虧的還是妳自己，懂了嗎？」

「好，我答應你。我本來就了解你的原則。」

「真的？」千吉再次確認。

「誰能管得住你這種人呢？」

妙子相當得意地留下這句話就出門了。

兩人從此展開了新生活。

很快地，妙子明白了千吉的宣告意味著什麼了。

千吉搬過來的這一天，妙子計畫和前天晚上一樣在家裡用餐，因而利用店裡的空檔時段趕緊惡補食譜，打算下班以後同樣到那家高級超市買菜，可是撥了好幾通電話回公寓，千吉都不在。

妙子並沒有因此大驚小怪。一般受薪階級的新婚丈夫身邊的朋友會出餿主意，傳授新郎必須每晚夜歸來訓練家裡的新嫁娘接受這種作息。明明沒事的千吉想必同樣故意上小鋼珠店消磨時間，藉此調教妙子讓她養成習慣吧。

這一晚，千吉直到十一點過後才帶著醉意回來。妙子拿他沒好氣。

從隔天起，由於妙子不想以妻子自居的口吻詢問「今晚在家裡用餐嗎」，所以沒問千吉一整天的行程就逕自出門了。歸因於此，那頓親自下廚、部分燙口部分冷涼的浪漫晚餐只出現過一次，就從此遠離他們的生活了。

兩人一起生活之後，所有的一切都變得不自然了。儘管兩個人都知道，住在一起需要訂定一些生活公約，可是誰也不願意開口先提，結果導致日常的不便與摩擦經常發生。

不過倒不全都是壞處，至少妙子得以觀察到千吉的種種習癖。他的生活，並非善於享樂的富家公子與學生身分二者巧妙交融而成的化合物，而是徹底的罔顧一切衝動行事的個體。他曾經一整個星期一副勤工儉學的模樣，下了課馬上回到家裡，妙子還以為他洗心革面了，沒想到接下來的一週他又天天精心穿戴出門，直到深夜十二點以後才回來。

愈接近謎底總是愈令人費解。住在一起之後，妙子反而更不知道自己不在家時他做些什麼了。

妙子簡直不敢相信，現在自己竟然寧願過著一成不變、熱情不再的生活了。由此可見，目前展開的新生活，給她帶來的只有日復一日的心煩憂慮。饒是如此，她更無法忍受相隔兩地，各自生活。

這對妙子而言，正是一個自我發現的絕妙契機。她的自尊逐漸被削減了，像一支削得太多的鉛筆芯，愈削愈細，愈削愈尖了。一切都是因為她深愛著千吉。而那不停被削得細長的自尊，培養出她強韌的抵抗力。妙子暗自心驚，但絕不向他抱怨半句。

於是，住在同一棟公寓裡的兩個人，展開了只共度良宵，天一亮就各奔東西各忙各的，偶爾碰巧見面的生活了。

這樣的生活持續了一個多月後，千吉漸漸故態復萌，鬧起了彆扭，陰陰沉沉的。

唯獨之前兩人談妥不在外過夜，千吉倒是不曾違反這項約定。這項紀錄一直保持到某一天，他真的徹夜未歸了。

三十三

妙子緊繃的情緒終於在這一晚完全潰堤了。

她決定不等門了，可是一上床又清醒得難以成眠，只得起身披上睡袍，扭開了收音機的深夜廣播。她不能忍受公寓夜半時分的靜肅無聲。

她一個人住在這裡愛戀著千吉的那段日子，滿盈在每個房間裡的幸福感已經消失無蹤，而那種充實的孤獨感也不知到哪裡去了。如今剩下的是，就連房中所有角落的暗影，也都瀰漫著在顫抖不安中漫長等待的空虛夜晚，所帶來的可怕空洞感。

（不該是這樣的……）

妙子在心裡說了不可以說出口的話。

她喜歡一個人獨享寬敞的雙人床，只要躺在大床上就能酣然入睡；可是現在同樣的這張雙人床卻讓她輾轉反側了。

千吉睡覺時習慣裸體，只在腰際圍上一塊漂白的棉布。他睡著了以後，有時翻身會碰觸到妙子的身體，妙子總會感到一股洶湧熱浪朝她撲來又捲離。就在這短短的一個月裡，那已經成為她睡眠時不可或缺的關鍵要件了。

她生活中的一切、她心理的所有層面，已經被某種東西啃噬掉一部分了。妙子不得不承認，那種比愛情更極端的、更無法用言語解釋的東西，已經在那裡扎根了。

（我才沒嫉妒呢！）

這句話在她心裡反覆說了一千遍。如果真的嫉妒了，這一個月下來早該生病了，所以說不嫉妒確實是真話。

但就算是遲早必須嘗到的痛苦，她為何不把它盡量擺得遠遠的，非得刻意把它攬到身邊不可？自己怎會做這種蠢事呢？

（是不是該恢復分開生活，不再繼續同居了呢？）

妙子心裡第一次出現這樣的想法。問題是，曾經住在一起的人重新各自生活，並不是代表能夠恢復到原本的狀態，而是非常明確地拉下愛情的終幕。

這晚並不悶熱，她卻熱得打開冰箱拿冰來吃。她甚至想一頭扎進冰箱裡凍上一個鐘頭。假如可以把這顆腦袋瓜摘下，像西瓜一樣凍上一段時間，那該有多好。

妙子再也無法忍受不安與寂寞，把客廳、餐廳和臥房裡的每一盞燈統統點亮，整間屋子通亮如晝。她漫無目的走來走去，陡然感覺背後閃過一道人影，頓時不寒而慄。後來才發現，原來是她走動時大衣櫃的鏡子映出自己掠過的身影。

妙子癱坐在地毯上。

（分手吧！分手吧！分手吧！）

這句話也在她心裡反覆說了一百遍，而她也明白那只不過是無力的咒語。為了熬過這個漫漫長夜，她拿出擦指甲油的全套工具，坐在地毯上盡可能花時間塗抹在每一隻手指甲和腳趾甲上。在明亮的電燈下，這種洋紅色看起來格外絢麗，也格外空虛。她靠著想像自己是個非常不檢點的女人來撫慰心靈。可是，真正不檢點的根本是對方呀，自己只是愛上他而已。

早晨八點。當鑰匙輕輕轉動的聲響傳來，那已經不再是她等待多時的聲音了。

妙子明明準備好了要擺出一張冷淡、裝傻的面孔來面對他了……

「哦，妳醒啦？」

就在千吉說出這句話的瞬間，就在他一走進晨光射入與滿室明亮燈光的臥房而不禁眨了眨眼睛的瞬間，妙子猛然撲進他懷裡哭了起來。

千吉把哭個不停的妙子抱進臥房。

「妳這個笨蛋……誰要妳逞強，到頭來還是哭了吧？這就是愛面子的下場。要哭的話，平常多哭個幾次不就得了！哼，真是的，這讓誰受得了啊！為什麼平常過日子時要那麼逞強呢？真是小傻瓜！」

「你昨晚睡在哪裡？」

當這句「笨女人」才會問的話，宛如一件小奇蹟射出光芒般，從這張具有威嚴的嘴裡迸出來的剎那，妙子已經疲憊得連訝異的力氣都沒有了。

「妳看看，只要像這樣想問什麼就問什麼，我也會老老實實回答妳啊。昨天晚上和朋友喝酒，就在他家睡了。倒不是非睡那裡不可，只是很想看妳哭而已。結果萬萬沒料到，我朋友剛結婚，公寓又小，簡直吵死我了。」

「真的嗎？」妙子笑了。她停了一下，接著對千吉說，「我有兩個小小的願望。」

「啥？」

「第一個是你要答應和我一起去旅行。」

「喔，好啊。」

「另一個是……」

「另一件是？」

「借一下你的臉頰。」

妙子揚起手，朝千吉摑了一記響亮的巴掌，並趁他尚未回過神來，立即將自己淚濕的唇堵上了他的。

三十四

妙子把一切都賭在這趟旅行上了，可是兩個人遲遲談不攏該選什麼地點。妙子想去遠離塵囂的浪漫地方，而千吉一點都不喜歡接近大自然。

這也是妙子在千吉身上發現到的怪癖。近來掀起了一股休閒度假的風潮，年輕人爭相去鄉間休憩，火車一票難求；唯獨千吉非常滿意住在都市，一點也不想逃離這種會導致神經衰弱的鼎沸吵鬧。

他的夜晚絕對不可缺少霓虹燈，對鄉下伸手不見五指的黑夜不屑一顧。妙子為千吉辯解，那是因為他完全沒想過要模仿上流人士的作風。不過，每逢週末就匆匆趕往鄉間的那些傢伙，其實有不少是鄉下人。所以嚴格說來，他們只是回老家，而不是週末度假。

既要有霓虹燈，還要有小鋼珠店，也要有溫泉，而且非得要有安靜的旅館不可。符合這些條件的地方，妙子只想得到熱海一處。她實在百般不願意，卻不得不拍板定案，決定到熱海旅行兩天一夜。但是旅館一定要由妙子本人挑選。於是，妙子在來宮那地方較為偏僻之處，預約了一家由舊時財閥府邸改建而成的高級旅館。她訂的是別館的村舍。

在這個人人買車自駕的時代，妙子因為忙碌，千吉則是懶惰，總之兩個人都沒有駕照。這趟旅行，妙子不想調派店裡的車子與司機，決定大手筆雇用轎車，連同司機一起在那裡過夜，這樣想去任何地方都能隨時出發。不惜一擲千金來完成夢想，可以說是妙子的性格中唯一男性化的部分。

六月上旬的某個週六下午，一身整齊西裝的千吉，溫馴地跟在特地穿上新裁製旅行裝的妙子後面，走出了公寓的玄關。

他並不興奮的態度，傷了妙子的自尊心。雖然她就是喜歡他沉著、不為所動的個性。

換作是愚蠢的女人，這時一定會揶揄對方：「反正你根本覺得和我這種人旅行沒意思吧！」妙子當然不會像那樣出言諷刺，但她不可否認自己心裡確實浮現了想挖苦對方的念頭。她討厭自己居然有那種想法。結果，在轎車駛離東京之前，兩人一路上幾乎沒有交談，各自望著車窗外灰濛濛的天空。

星期六傍晚的交通情況不如想像中壅塞，差不多兩個半小時就到了小田原。轎車在郊區道路往左轉，從早川那裡銜接到蜿蜒起伏的濱海收費道路後，千吉才總算露出了孩童般的喜色。

開到收費道路的終點時，妙子指示司機在湯河原的觀光休息區停車。這裡距離旅館雖然只剩半個小時左右，但是口渴加上捨不得太快趕到目的地，因此決定在這裡稍作休息。

時間接近六點，天空雖然陰陰的，但還算亮。觀光休息區前面有一塊圓形的草坪，裡面零星分布著小松樹以及鳳尾蘭。那些鳳尾蘭看起來像一束束龐大而髒污的鈴蘭。爬上二樓，放眼望去是一片洶湧的灰色波濤，對面的初島閃爍著微暗的青色燈火。倒映在海面上大島的影子，猶如攤展開來的一對黑色的巨大翅膀。

不遠的前方唯有無情的車子疾駛而過。在這處闃無人影的黃昏前庭，只有草坪上的鐵網紙屑籠裡的報紙被風颳得沙沙作響。馬路另一側的海上升起了深褐綠色的波浪，旋即像收起捲軸般往內縮捲，然後跌落迸散。

兩人在簡陋的桌子面對面坐下，點了啤酒來喝。店家在張貼著「名產吉備年糕已售罄」的紙張下方擺了一台電視機，螢幕裡正在播出魔術表演。當魔術師揭開銀色的蓋子時，飛出了兩隻鴿子。

「我想到海邊走走。我今年第一次來海邊。」

「我也是。」說著，千吉一起站了起來。

兩人由前庭穿越馬路，走下堤坊的石階。這處海灘隨地都是碎石頭，沙子幾乎都被海水打濕了，顏色顯得比較深。

妙子蹬著腳跟，重重地在浪花拍打的岸邊隨意兜轉，高跟鞋的鞋跟在沙灘上戳出了一個個細洞。她喊了千吉：

「快看！猜猜這是什麼東西留下的腳印？」

那的確是詭異的腳印，實在不像是人類的足跡。千吉聞言，低頭盯著那些細洞打量，臉上的表情卻是悶悶不樂。妙子刻意製造歡樂的氣氛，可惜沒有成功。

妙子先出發走回車上，步下石階時看到地上有一只裝了兩三支美國菸的菸袋。那只新菸袋剛掉在地上不久，而香菸的品牌也是千吉的沒錯。妙子隨手撿拾起來，遞給了跟在後面心不在焉的千吉：

「喏，你掉的。」

妙子怎麼都沒有料想到，千吉的反應會是那麼奇怪。

他本來已經伸手準備接過去，卻突然猛搖頭。

「不要撿地上的東西啦！」

「可是，這不是你的嗎？」

「妳怎麼知道是我的？」

「真是的，那還用說嗎？這又不是到處都買得到的日本菸。」

「不是啦！那不是我的啦！快扔掉！」

他堅持非丟掉不可，妙子想逗他而不肯丟掉，雙方僵持不下，千吉終於從妙子手裡一把搶了過來，用力揉成一團，頂著海風用盡全身的力量投擲出去。

三十五

鑽過古老的山門，再走了很長一段路，終於到了玄關。從遠處即可望見一幢明亮又寧靜的屋子，那裡就是妙子在熱海預約的旅館。他們又繼續穿過庭石鋪道的院子，才抵達了位在水池另一邊的獨棟村舍。這棟村舍雖是茅草屋頂，但裡面有大正時代風格的客廳與兩間和室以及浴室，現代化設備一應俱全，也有西式的火爐。不過那些現代化的設備其實已經頗有年代，所以看起來並不是簇新發亮的。

院子裡引水竹管的敲擊以及噴水池的聲響，聽起來像是雨聲。妙子相當喜歡這家旅館，但千吉仍然一副心事重重的樣子。泡了溫泉又用過晚餐後，千吉立刻提議去街上散步。

「又要玩小鋼珠了？」妙子看穿了他的心思。

「嗯。很孩子氣吧?」

熱海銀座的週六夜晚,街上熱鬧極了。那種花花綠綠的照明不同於東京街頭的燈光,看起來彷彿蘊含著今夜過後不再有的歡樂與哀愁。龐大的土產店亮著自暴自棄的光線,這光線同時也被包覆在店外廊柱上的鏡片反射出來,照得那些穿著浴衣的酒醉遊客都快睜不開眼睛了。

兩人從銀座街走到了海岸街,進入一家懸掛著「開幕大特惠」巨大招牌的新開幕大型小鋼珠店,各買了一百圓的鋼珠。他們把塑膠容器放在托盤下方然後往上一推,鐵托盤裡的鋼珠就像雪崩似地滾落下來了。

店裡到處點綴著垂擺的人造柳條,播放的是石原裕次郎的《紅手帕》唱片,加上不絕於耳的鈴聲和鋼珠滾落聲,這一切交織而成的氛圍,就這麼悄悄溜進了妙子的生活。妙子愈想愈納悶,這根本不可能發生在她身上。

妙子坐在千吉隔壁的機台,不太樂意地學著他把鋼珠放進去。即使兩人到了旅遊勝地，從這一刻起，又是她孤獨的時光了。

千吉在小鋼珠機台前的姿勢，向來和駕駛噴射機的飛行員一樣充滿自信與英雄氣概。……他叼著菸，開腿跨坐，左掌靠在投入鋼珠的洞口，用大拇指把珠子逐粒推進去，右手則穩定扳動著把手，神態宛如一位偉大的專家……無奈妙子怎麼也學不會。千吉的機台盤面上有東京鐵塔造型的馬口鐵飾品、紅色的小塑膠門，以及轉個不停的馬口鐵製的櫻花等等障礙物，盤面上總是維持著三、四顆鋼珠像有生命似的在這些障礙物之間蹦蹦跳跳。鈴聲像受到逼迫似的高聲大叫，精疲力盡的鋼珠輕易地滾了出來。

玩了整整一個小時，千吉總算恢復了往常的面貌，主動提議：

「口好渴。找一家咖啡廳吧。」

他用二十五顆小鋼珠換得兩打和平牌香菸。兩人離開小鋼珠店，走向海邊。路上隨處可見一群群穿著旅館浴衣的醉漢。唯獨他們兩人身上穿的是西式套裝，結果好幾次都被旅館的員工攔路招攬。這下子他們才明白人們穿旅館浴衣上街的好處。

那些醉漢都是快樂又單純的傢伙，其中甚至有大膽的女人把浴衣下襬塞進腰帶裡，露出整件內褲走在路上。其實他們完全沒有危險性，不過妙子太害怕了，嚇得一直躲在千吉後面，結果遭到一頓奚落。

「妳把沒水準的傢伙統統當成危險人物了吧？這可是天底下最愚蠢的錯誤了。」

仔細想想，這話確實有道理。實際上，妙子真正極度厭惡的是粗鄙和善良的綜合體。若是粗鄙的人，就該像千吉這樣素行不良，還要具備冷峻的目光而非猥瑣好色的眼神；如果是善良的人，至少言行舉止必須高貴而優雅。

兩人來到了海邊，可惜咖啡廳的露台已經被一大批喝醉的遊客占領了。好不容易座位才空了出來，他們坐下來點了冷飲，結果左等右等遲遲沒送上來。抬起仰望，上方是悶熱又看不到星星的夜空，眼前不遠處的堤防上有很多人坐著乘涼。即使在黑暗中，仍然可以看到在那些人的後方是一片澎湃奔騰的海浪，浪花有時高高捲起，迸濺出點點白沫。停泊在錦浦的龍宮號隨著波浪上下起伏，在擺盪中依然可以看見沿著船身布置的漂亮燈飾。

「我們終於擺脫了那些煩人的事，可以單獨相處了。」

「妳光是不必工作就開心得很，可是我……」

「你想說的是，一點都不覺得解除束縛了吧？」

妙子暗叫一聲糟糕，可是已經來不及阻止這句話出口。她終於在這趟旅程中第一次話中夾帶諷刺了。

「既然會挖苦我，至少目前還算安全。」千吉笑得不懷好意。

「什麼意思？」

「明天再告訴妳。」

「你真奇怪。」

妙子前一刻才開始享受幸福洋溢，就在千吉的故作神祕之下倏然褪去了光彩。她明白，就算繼續逼問也不會得到答案，只是對照周圍的熱鬧喧嘩，在這裡坐得愈久心裡愈是覺得不安。

千吉明天要說的話，可以肯定絕對是要和她分手了。妙子沒有任何確切的證據，只是憑直覺認定自己已經無力可回天了。千吉的一句話就能決定妙子的生死，她像個只要董事長一聲令下就會被開除的小職員。細想之下，之所以淪落到這種境地，也只能歸咎於自作自受。

忽然間，妙子在「若是和這個男人分手」的假設前提下，端詳著千吉的側臉。雖說是假設，但是從最初的那一天起，她已經接受了這樣的結局。

千吉青春俊美的容顏，依然和以前一樣。然而，那張容顏並非存在於她怦然心動的第一眼，或是從客觀角度看到的某個男人的肉體之上，而是存在於更加曖昧模糊的、某種綜合性的磁力之上。雖不知道千吉到底是什麼部分把妙子迷得離不開他，只是他的聲音、他的一舉一動、他的微笑、他不值一提的習慣，譬如他擦火柴時垂眼看著火焰的渾濁眼神以及嘟起的嘴唇……尤其是一起住之後，這一切就像捕鳥用的黏鳥膠，一處一處，牢牢地黏在妙子整顆心的每一個角落，再也無法取下。哪怕是只是想從妙子的心上，用力剝下其中無關緊要的一小塊，妙子的心肌都會被撕裂而噴出血來。

不願和千吉分離，這已經是妙子出於自衛的想法罷了。誰想親手剝下自己的皮呢？

於是，在「若是分手」的假設前提下端詳著他的臉，就和住在北半球的人絕對看不到南十字星一樣，除非搬家，否則永遠只是空泛的想像。

三十六

那一晚，兩人十二點過後才回到旅館。他們又去泡了一次溫泉，準備就寢。榻榻米的正中央擺著緊靠在一起的兩床寢具。深紅的棉被和紫色的棉被，看在慣用西式床鋪的妙子眼中，無疑是相當煽情的景象。那裡不是睡覺的地方，更像是充滿浮世繪情調、即將醜態百出的香豔的方形相撲賽場。

先泡完出來的千吉趴在床上抽菸，露出背部隆起的黝黑肌肉。他看著菸氣，頭也不回地說：

「換浴衣過來吧。」

「可是……」

「沒有什麼可是不可是的，換好過來啦！」

妙子非常清楚自己不適合穿和服，即使在兩人獨處的時候，不，尤其是兩人獨處的時候，她更不願意穿得和溫泉鄉的遊客一樣邋遢。然而更棘手的問題是，妙子根本不懂得如何把和服穿得妥貼好看。置衣籃裡疊著整齊的女用浴衣，並且附上粉紅色的腰帶和相同顏色的繫繩。她站在穿衣鏡前把那些衣物一件件往身上套，可是總覺得不合身，看起來不俐落，根本沒個樣子。

妙子舉棋不定，拿眼偷看臥室裡的千吉。他黝黑的背部彷彿收起的翅膀般鼓隆。床畔紙罩燈的光暈裡，流淌著香菸的菸氣。

這時候，妙子腦中陡然閃過一個未曾出現的可怕想法，令她渾身發抖。如果今晚能逼千吉和自己殉情，該是多麼幸福！

剎時，一對凌亂裹著旅館浴衣的男女倒在地上殉情身亡的現場照片（儘管她根本沒看過），歷歷在目地浮現在妙子的眼前。那是極端汙穢的，並且像焚燒草葉後的焦黑痕跡，使人聯想到昨夜焚燃的美麗火焰一樣，也令人追憶起恐怖的歡喜與陶醉。

（就算是強迫殉情也無妨，只要我能殺了千吉……）

那是相當庸俗的想法。換作是以前的妙子，不但唾棄，更會嘲笑；但在這一瞬間，卻成為一種獨創並且了不起的想法。她把這個讓她一再煩惱的年輕人，想像成什麼都不說、聽從擺布、仍然保有「冰一般的冷漠」的一具屍體。那樣一來，她該有多麼輕鬆。

這當然只是妙子天馬行空的幻想，她立刻將之揮趕出去。可是稍後，當千吉看到妙子一襲鬆垮的浴衣反而勾引出奇妙的情慾，因而粗暴扯開她的衣襟，猛然把臉貼在乳房上擠蹭，髮油的味道竄入妙子的鼻腔使她愛憐不已，這時妙子腦中又滲入對死亡的幻想了——黑暗中的青春氣息猶如宣告死亡儀式中線香的氣味。妙子想像著今晚已是兩人臨死前的最後一次行房而興奮不已。

這是她第一次在兩人肉體結合的時候，如此露骨地讓死亡發揮調味料的效果。這種想像雖然有點傻氣，也有點稚氣，然而妙子已從自己的身體上清晰感覺到，這種近似殉情帶來的喜悅確實存在。

甜蜜的死亡帶來的喜悅。……或許她為了逃避分手的恐懼，所以突發奇想發明了這種替代品。既然分手意味著精神上的死亡，那麼肉體的死亡應該具有相反的意義。也就是說，她想把將自己逼至窮途末路的理論，來個一百八十度的翻轉。

昏暗中，粉紅色的腰帶被猛力抽掉，發出尖銳的綷縩聲。

不久後，妙子喜極而泣。她感受到在這片黑暗的四周什麼都沒有，沒有社會、沒有猜謎、沒有監視者們的視線、沒有虛榮，宛如在竹筏上漂流的海上難民，全世界都遺棄了他們，兩人只剩下彼此相愛。

千吉只要手肘稍動，妙子立刻明白他接下來想做什麼。一個環順利地套上另一個環，就像萬花筒裡的玻璃碎片，可以發展出無窮無盡的全新組合。他們同樣能夠合力編織出數不盡的東西。

妙子覺得自己如果沒有拚命揪住千吉強壯的手臂，恐怕會溺水，再也浮不出海面了。在短暫休息的空檔，千吉用手指輕彈妙子的鼻頭逗她玩，然後忽然親吻她。妙子一向非常討厭動物，這一刻她終於懂得愛狗人士的感受了。

兩人的身體漸漸散發出異香，枕頭早被遠遠扔到紙罩燈的光圈之外了。

妙子發現兩人從來不曾像這樣，把心拋開，純粹用身體相愛。不管怎樣，總之兩人一同達到天人合一的境界了。

（竟然感覺不到一絲擔憂了！剛才還害怕今晚就要分手呢！）

唯有在純粹肉體與肉體的結合時，才會進入一個毫無擔憂的境界。仔細想想，這種狀態相當值得擔憂。

兩人像溺水的人一樣，死命揪住對方的頭髮，四目凝視。

良久，千吉離開了妙子的身體。黑暗中，兩人靜靜望著村舍燻黑的天花板。好不容易才遺忘的擔憂，突然又襲上了妙子的心頭。

體內依然沉浸在歡愉的濃稠餘韻中。妙子亦痛切地感受到兩人在今夜達到某種極致，前往一個沒有出口的世界遊蕩了。即便在這樣的時刻，妙子也沒有發出狂喜的尖叫，但那正表示，她非得把某個人（尤其是男人）摧毀不可的一種無以名狀的閉塞狀態已經形成了。

她害怕千吉會把「明天再告訴妳」的那件事，趁著現在兩人在黑暗中望著天花板時，開口說了出來。即使他這麼做也沒麼好奇怪的。她的心跳愈來愈快。

然而，千吉一句話也沒說。

等妙子回過神來，他已經睡著了。

三十七

第二天早晨，微陰的天空亮著白光。

早餐後，兩人推開玻璃門，坐在走廊的椅子上欣賞庭院風景。

渾濁的水池裡偶爾閃動著幾隻鯉魚的背鰭，池畔一叢叢杜鵑花豔紅的影子清晰地倒映水中。水池的中央有噴水造景，從池心假島上美麗翠嫩的楓葉中，往上噴出孔雀般的水扇，亮白的水珠穿插其間。

水池的遠方，由山茶花的樹叢間可以看到水磨坊，那裡的一座假山上有道小瀑布。寄生在鳳凰木高大的樹幹上的羊齒蕨葳蕤濃綠，雄勁的葉片彷彿頂起了那片陰霾的天空。

「那裡有蛾。」妙子說。

「哪裡？」

「在那棵鳳凰木旁邊。」

那是一隻淡青色的大蛾，在樹蔭下徘徊的樣子看起來很詭異。

「如果它突然飛進嘴裡怎麼辦？」

「不要想像那麼噁心的事啦。」

「一定會馬上窒息死亡。」

妙子這句話是想表達她幾乎要窒息了。可是這個話題就在這裡結束了。

千吉把浴衣的袖子往上捲，仰躺在藤椅上，一派怡然自得，像個充滿自信的年輕丈夫。但若是來度蜜月的正牌新郎，大概沒辦法像他這麼從容自在。

（千吉遲早會和別人結婚！）

這個念頭一出現，妙子隨即感覺有一團滾燙的凝塊往上擠到喉嚨了。她不能再這樣坐以待斃，空等千吉宣布。她憑直覺清楚地知道千吉是抱著分手的決定，隨她來到了熱海。既然知道了，她實在無法忍受自己什麼都不做，光是靜候對方用一句話來決定她的命運。

先下手為強的機會正一分一秒流失。如果先讓千吉開口，一切就無法挽回了。

妙子昨晚睡在千吉身旁不斷思索著，最後才想出一個妥協的方案。唯有這個方案可以勉強排除他提出分手的要求，假如不趁現在講就來不及了。

「聽我說……」妙子若無其事地提起這個方案。「我覺得我們已經來到一個非常關鍵的階段了。照這樣下去，恐怕會去吃迷幻藥，走向毀滅之路。」——她小心翼翼地補充說明——「當然，這只是我個人的看法嘍。以你的個性，應該不太會想那麼多。我想，事到如今只有一條路了。我們不要偷偷摸摸的怕對方發現，而要大大方方的另結新歡，其實也不是說非要再找個情人不可，總之就是要認同對方可以和第三者交往。這樣一來，一切都會變得輕鬆自在，我們就不必再這樣愁眉苦臉，可以盡情享受成熟男女的愛情了。你說，以我們兩人的歷練，一定行得通吧？」

「這樣嗎……」千吉看著妙子，想從她臉上讀出她的真心。他緊接著說了一句既殘忍又憤怒的話語，頓時讓妙子陶醉在幸福之中。「有男人了？」

「才沒有呢！」妙子回答得相當明快。這幾天以來，她的聲音第一次這麼開朗。「我才沒有別的男人呢，剛剛說的是以後的狀況。只是覺得，既然你希望和我住在一起時，仍然能夠保有充分的自由，那麼我也應該比照你的做法才對。唯有這麼做，才能拯救自己。可是，我不想疑神疑鬼的，也不想為了保密而變得神經衰弱。以後你的每一個女朋友都要帶來讓我看哦，我發誓絕不會拆散你們。相對地，為了拯救自己，往後我也可能另結新歡，但我一定會正式介紹你們雙方認識，讓你們知道彼此的存在。……該怎麼解釋才清楚呢，總之，我們不應該再戴著偽善的面具了，那張面具就留給那些平凡的夫婦去戴吧。換句話說……我們要結為同謀，聯手做更多壞事吧！」

「哦……沒想到妳會提出這麼驚天動地的主意……」

千吉認真思考的模樣，讓妙子有些意外。

不過，妙子已經勝券在握了。

這項提議，應該多多少少傷了千吉的自尊，反而激起他不容退卻的鬥志。既然妙子都這麼說了，他若仍然要求分手，也就必須徹底揮別自由與豐饒的生活了。他已不再有足夠強大的理由，不惜放棄這一切也非要分手不可了。不論如何，從今而後，他將得以免除一切心理的負擔以及良心的譴責（假設他還有良心這種東西）……

千吉似乎很專注地在心裡撥打著算盤，和他平時的樣貌大相徑庭，但這種深謀遠慮日後利益的模樣，令妙子格外愛憐。唯有在這種時刻，他才會完全忘記必須保持自己瀟灑的形象。千吉沒禮貌地縮起一條腿踩在椅面上，思考時無意識地輕輕捏擰著自己年輕的腿肌。那條腿充滿光澤的內側還留著昨晚被妙子吸吮後，像小草莓似的皮下出血的痕跡。

「OK，那以後就照妳說的做！」

千吉的回答像是豁出去了，但臉上還帶著不懂妙子為何有此提議的表情。那表情彷彿自己努力討女人歡心之後，女人卻撇了他一樣。

妙子看著他的神情暗忖，但一想到自己的策略成功了，又變得非常開心。

（真會演戲哪……）

「那麼，握個手吧！」

妙子伸出手，和千吉握手之後順勢將他從椅子上拉起，牽著他走向房間一個陰暗的角落，向他求吻。她的吻透著赤裸裸的飢渴，從唇上可以感受到千吉的迷惘。……兩人吻了很久，接著相偕洗了晨浴。洗完以後，他們一身清爽地到庭院散步。村舍後面有一株結實纍纍的酸橙老樹，顆顆碩大無比。千吉縱身一跳，從樹枝摘下兩顆酸橙，一顆遞給了妙子。千吉迫不及待張口就咬，酸得他整張臉皺成了一團。一旁的妙子一邊笑得前仰後合，一邊剝著橙皮，結果汁液突然噴進眼睛裡。淚水從眼眶湧了出來，妙子依然笑個不停。

三十八

為了避開返回東京的車潮，兩人晚上八點才離開熱海，這時已接近收費道路的起始點了。妙子認為這趟小旅行很成功，心滿意足地欣賞夜色中的大海。

當轎車開到昨天停留過的觀光休息區時，千吉忽然想起什麼似地說：

「啊，說過明天再告訴妳的那件事，差點忘了。」

「要告訴我什麼？」

妙子一顆心突突直跳，連自己都可以感覺到臉上一陣蒼白。儘管現在明明曉得那不過是可怕的幻想而已。

「沒什麼，只是在這裡撿到香菸的那件事而已。那時候我為什麼明知道是自己的東西，卻要丟掉，妳知道是什麼理由嗎？」

「一點都不懂。」

「因為只要一眨眼工夫，妳就可以把它調包成摻了古柯鹼之類的毒菸。……很久以前，我曾經和女人一起去過像這樣兩天一夜的旅行，結果差點被那女人殺死。那傢伙是真的下定決心強迫我陪她殉情。當時很幸運死裡逃生，那種事再也不想遇上第二回了。……這趟旅行，我起初也懷疑不太對勁。……不過當妳昨晚在咖啡廳裡挖苦我時，我就放心了。如果女人還會嘲諷對方，表示還不至於鑽牛角尖。……以前的那個女人，不但沒有半句諷刺，甚至溫柔順從到令人不敢相信的地步，無論我怎麼挑釁她都不生氣。打從旅行出發的那一刻就一直是那樣了。」

「原來如此。你說『明天再告訴妳』，原來是這麼回事。」妙子忽然像顆洩了氣的皮球似地笑了出來。「真討厭，我完全誤會了。」

「誤會什麼？」

「真讓人不敢相信，想告訴我的就是這件事？沒想到你那麼膽小。怕我對你不利？真是的，要是那時候坦白說出來該有多好，我一定會如你所願殺了你的。」

妙子說得樂不可支，千吉簡直招架不住。

「妳到底誤會什麼啦？」

「那個嘛……」妙子欲言又止，又笑了出來。「明天再告訴你。」

三十九

年增園六月份的例會仍然依循往例於二十六日舉行，那天不巧逢上梅雨季節裡沒下雨的日子，酷熱高溫超過三十五度。

妙子、鈴子和信子三人，照舊選在六本木一帶某家沒光顧過的餐廳用餐。鈴子推薦那家餐廳有道炸鰻魚塊，也就是把切塊的鰻魚拿去油炸的菜餚非常美味，大家專程去那裡嘗鮮。

這次例會之後，下個月信子就要去避暑了。她每年夏天必定前往一處小山莊沉浸書香之中，因此三個人得等到秋天才有機會再聚在一起了。信子希望至少能在夏天騰出一段時間，不必勤跑試片室也不必參加服裝展示會。看在工作忙得分身乏術的其他兩人眼裡，那是相當奢侈的欲望。

其實妙子原先也計畫明年在輕井澤租間房子，帶著兩三個中意的裁縫師去那裡工作兼避暑。不單如此，她還打算帶很多疋秋天的布料去，直接在那裡大量承接秋裝的訂單。不過，今年夏天妙子仍然應該固守在東京的洋裁店，讓那些經常去別墅避暑的顧客，覺得每次要訂做衣服都得回到東京實在很麻煩，這樣對她往後的策略比較有利。況且每回那些在銀座經營酒吧致富的夫人向妙子炫耀自己去輕井澤避暑，妙子心裡非常不舒服。那地方其實最早是由妙子父母的朋友開拓出來的土地。

三個女人湊在一起，自然和往常一般開心地聊個不停，尤其今晚妙子的情緒顯得分外高昂。她喝了不少酒，也比平時笑得更大聲。

有人商請信子以男性內衣為主題寫篇評論，所以她正誇張描述著如何辛辛苦苦地逐一實地訪問許多位男性。

「是哦？我對男人的內衣一向沒興趣。」鈴子說得毫不掩飾。

按照鈴子腦中的分類，男人只有兩種：不是繫領帶穿全套西服的男人，就是全身脫光光的男人。

妙子曉得這個三人聚會的宗旨就是絕不說謊、絕不隱瞞。她們從離婚和工作的經驗中體悟到，一個人的一生中，至少要擁有一處這樣的地方、度過這樣的時光，否則實在活不下去。在平凡的家庭裡過日子的人，絕不會從中學到這樣的智慧。

一旦談到露骨的話題，她們總會各自回想起從前與丈夫在寢室裡的行房。一想到那些悲慘的性交就是「神聖」婚姻生活的真實狀況，三人此刻聊談的簡直是無比抽象的正向話題，也能再次驗證自己重獲自由。與此同時，像這樣一而再、再而三重複驗證自己重獲自由的行為，事實上也伴隨著難以形容的空虛，而這也就是為何她們的年增園總是格外歡樂的緣故了。

「幫我找個新歡好嗎？」

當妙子說出這句話時，她的情緒高昂到了極點，又或者應該是她為了說出這句話而刻意讓情緒到達極點。

其實整個過程中最難受的，要算是她說出這句話後看兩位好友有何反應了。雖是無謂的虛榮，真正的朋友該是能夠完全了解彼此才對。因此在妙子的想像中，她最無法忍受的就是萬一鈴子和信子的回應是以同情的眼光反問她：「喔，你們的關係已經到這種地步了嗎？」

下一瞬間，妙子非常慶幸自己沒有看走眼，她們果然是最好的朋友。因為鈴子和信子滿面欣喜之色，什麼也沒多問，臉上只露出拔刀相助的表情告訴她：

「想找幾個就有幾個！和蔬菜水果一樣，一堆十圓，滿街都是。」

「好歹該幫我找一堆三十圓的吧。」

「那麼，妳想要哪種類型的？想要什麼職業類別和年齡條件，儘管說！」

「和他年紀相仿的就沒意思了。」妙子刻意不提及千吉的名字。「三十幾歲……對了，四十左右最適合吧。」

「可是，那種老男人，妳不是不喜歡嗎？」

「所以才想稍微換個類型嘛。而且必須是沒有責任感、不會糾纏不清、懂得上流玩樂、家世清白的人。」

「好好好，遵命遵命。反正妳喜歡的類型我們清楚得很，這陣子我們也認識了不少有些年紀的花花公子。」

鈴子和信子翻開記事本查找，交頭接耳忙著商量。不久，鈴子開口說：

「這個好！我現在就去打電話。這時候他通常都在『羅莎蒙』。」鈴子講完立刻站起來，妙子急著攔下她，但鈴子還是不聽勸。「別緊張嘛，叫過來看了不中意也無所謂，反正他無所事事。」扔下這番話，鈴子逕自走向電話。

望著鈴子的背影，腰圍顯然又大了一圈。妙子心想，反正攔也攔不住，到時候再說吧。

妙子彷彿看到眼前出現了一條筆直而黑暗的道路，只要閉上眼睛，朝那條路衝過去就行了。那條路自己並非從未走過，為何如今卻覺得那條道路將通往可怕的墮落呢？莫非妙子與千吉的生活，真有那麼清新純潔嗎？

「那是個什麼樣的人？」

妙子將葡萄酒杯端到眼前，裝作不經心地隨口問了信子。

「醫療器材製造公司的董事長。」

「哎呀，聽起來好恐怖。」

「有什麼好恐怖的，那些器材又不是拿來用在妳身上。他是著名的音羽商會的第二代，聽說東京大學相關醫院的器材全都是向他採購的。那男人做事一板一眼，非常守時，每天晚上八點到九點半都待在名叫羅莎蒙的酒廊裡擬定戰略，計畫當天晚上該找那個女人共度春宵。那男人挺有意思的，算是典型的花花公子，只是不曉得妳喜不喜歡。」

「我可不要那種色瞇瞇的哦。」

「說到底，不會糾纏不清的最好了。這種時候就別挑三揀四的了。」

信子話裡的「這種時候」聽起來有些刺耳，妙子忽然犯了輕微的頭疼。

撥完電話的鈴子在地毯上小跑步趕回來，那身影洋溢著親切與善意。妙子的視線停留在那一只對鈴子而言尺寸過小的手提包上，手提包在她圓滾滾的腰腹旁蹦蹦跳跳。

「他在他在！俗話說無巧不成書就是用在這時候嘍。他說馬上就到。妙子，沒問題吧？」

「嗯。」

妙子盡可能以優雅的口吻回答。

四十

三十分鐘後，就在這三位女人享用完餐後甜點的時候，醫療器材製造公司的音羽董事長來了。

在這廣大的東京，有不少男人願意聽從特定女子的一聲令下，立刻高高興興地飛奔前來。他們就像那些只要麻將牌友喊一聲三缺一就立刻衝過去的男人一樣，但凡有女人聚會的地方，無論任何地方都欣然赴約，並且一定要在那裡嘗到甜頭以作為代價。

就這點來看，音羽屬於只喜歡往女人堆裡鑽的男人，就算要交朋友也不願意和男性來往。他經常告訴別人，他多希望能夠住在這樣的城鎮：修剪頭髮時請女理髮師為他服務，需送洗的襯衫拿到女老闆經營的洗衣店去，投遞報紙由女送報生負責。可惜就算找遍全世界，只怕找不出這樣的城鎮吧。

妙子看向走進餐廳的音羽，這第一眼的印象立刻推翻了她原本以為的氣質陰柔的紈褲子弟。

年紀估計有四十了，身體與面貌都像運動員般結實，臉型是現代較受歡迎的小臉，穿起常春藤盟校風格的窄腰三釦西裝相當合身。他活動的地點大概都裝了冷氣，盛夏酷暑中連一滴汗也瞧不見，身上規規矩矩地穿著用涼爽布料裁製的深灰色西裝，與妙子的品味相當。精悍的五官不見一絲笑意，說起話來絕不拐彎抹角。

「請問找我的是哪位女士？」他一落坐立刻問道。

「不是我哦！」

「敬謝不敏，我這裡多得很。」

鈴子和信子不留情面地撇清關係。妙子沒辦法用半開玩笑的語氣隨口回應，立場頓時變得尷尬。

音羽看了妙子一眼，開始談起全然迥異的話題。

「我已經受夠十幾歲的女孩了。別瞧她們說得頭頭是道，其實內容索然無味。不但如此，她們把自己的身體便宜賣給年齡相仿的男孩，對我就開出驚人的高價。我在意的倒不是她們向我索討金錢，而是不喜歡看到她們自以為給了我天大的恩惠，沾沾自喜的模樣。我想，她們受到不知道是電視還是小說影響了觀念，以為送給中年人一顆青蘋果就等於請他吃山珍海味一樣貴重。就是因為有太多軟弱的男人帶著無聊的年齡差距自卑感，才把這些女孩寵壞了。關於這一點，我對任何年紀的女士都是一視同仁。」

「八十歲也沒關係嗎？」

「那得看情形，不過先決條件是美麗。不再注重自己外表的女人，已經算不上是女人了。在日本，太早放棄自己的女人實在太多了。」

「您真是最懂我們年增園的人了。」

「那當然。女人要到三十歲以後才會變得優雅，根本不可能有哪個女人二十幾歲就有優雅的身段舉止。」

音羽發表意見的過程中幾乎不怎麼看妙子，可是他說的每一句話都經過了縝密的算計。乍聽之下似乎是閒談，其實是使出高明的技巧，拿多數人的例子來挑逗妙子。

東京果然是個大都會，像他這種年紀的有錢又有自信的花花公子，妙子竟然還有沒聽過的。妙子還以為這種類型的男人，她一個不漏全都認識了。

這樣的男人是以「講究優雅」作為生命的價值，看在某些少經世事的女人眼裡，有時候是某種光輝耀眼的存在。這其實也沒什麼好大驚小怪的。總之，他們將人生的最大目標設定為「講究優雅」，像個工程技師，無時無刻都在打磨與調整那台施展誘惑的機器，有時用比較低沉沙啞的聲音說話，有時擺出陰柔文弱的樣子，又或者講到一半忽然轉換成甜蜜的口吻……

他們認為在女人面前提起藝術等高尚的話題是羞恥之事，不管是對貴婦或者專做美軍生意的賣春婦，從一開始就一律當成女性看待，而且會視交談的對象而改變話題。

他們保持整潔，注重儀容，手指甲修剪得整齊乾淨，從領帶到襪子都穿出自己的風格，手錶和打火機也必定是世界一流的品牌，並且親自駕駛進口車。

以上敘述，千吉也具有不少共通的特徵，奇怪的是這些男人並沒有千吉那種動物性的陰沉。此外，他們也沒有年輕人的焦躁。故意表現出煩躁不安的狀態雖然也屬於才華的一種，但他們是視情況而表演出來的，不像千吉是自然而然的衝動。

令人驚訝的是，這些人從不閱讀（事實上他們根本沒時間看書），對文學和政治話題毫無興趣，只需交談幾句立刻暴露出他們的知識淺薄，若是深入交往就會發現他們的乏善可陳。他們最大的特徵就是儘管交往的對象一個換過一個，但是對男女之事永不厭倦。他們對於女人的腳踝擁有獨到的見解，但是想和他們深談哲學觀點立刻逃之夭夭。如果是女人想談論哲學，他們就突然噤口，對女人投以同情的眼神，巧妙地裝出自己滿腹經綸的架勢。

他們鎮定從容，隨時提醒自己不能亂了步調，對女人貼心有加，最擅長以細膩的手法付出關懷，而那些關懷的方式少說隨時準備了十種套路。不論是什麼樣的女人，在她的面前從不忘記表現出溫柔關心，即使刻意疏遠對方時也會特別留意，不讓女人察覺到他們是存心疏遠的。

但若深入思考，一見到女人就會不停展示自己被勾起了欲望的這些男人，在他們的身上竟然找不到野性與動物性。原因很可能是，野性與動物性是最容易從人類身上消失的東西吧。

妙子漸漸解開心防，開始和音羽交談。在談話的過程中，她一方面感到這種年長的穩重是千吉所欠缺的，但也試著把他的個性逐一填入前面列舉的那些特徵之中。

妙子平常不會這樣賣弄，這時候卻突然談論起法國文學來。她提到了西蒙·波娃。

「信子，妳讀過《歲月的力量》嗎？」

「讀過了。」

「她和沙特一起到希臘旅行的那一段真是全書最精彩的部分了。可是他們那些人在私生活中，到底是如何把深奧的哲學和床笫之事連結起來的呢？我實在無法想像，簡直太不可思議了。」

儘管遇到這類話題時，音羽也會適時搭腔，但從他的表情就可以看出他沒讀過那本書。妙子陷入了迷惑。

（他根本虛有其表，就連這麼粗淺的程度，都沒有辦法假裝他懂嗎？難道他用的是技高一籌的手段，故意讓我看穿他拙劣地裝懂，讓我發現已經年紀一把的男人竟有如此可愛的一面？）

有這樣的想法，就表示妙子開始對他感興趣了。

四十一

晚餐結束後，音羽帶她們三位去了一家位於赤坂的夜總會。音羽和這裡的領班相熟，所以沒有預約就能坐在視野絕佳的桌位觀賞表演。

音羽很有交際應酬的手腕。表演終了，鈴子和信子隨即藉口有急事待辦先走了，留下妙子一個人。

妙子不喜歡她們的刻意撮合，無奈已喝得醺醉，連動一下都嫌麻煩，只想讓自己放空。她嘴裡叨念著「我也要回去了」，可是沉重的腰臀卻怎麼也無法離開椅子起身，直到這一刻她才驚覺自己年紀已經到了。

在年輕的千吉面前，她無時無刻不繃緊神經，現下面對比自己年長的男人，首度察覺到自己的衰老。

像這樣藉著醉意遲遲不走，妙子並非第一次；可是由於身體疲憊而懶得起身，這還是頭一遭。

這裡剩下音羽與她獨處，兩人眼神對視，就在這一剎那，妙子很清楚地知道自己對他沒興趣了。

美男子的稱號用在音羽身上當之無愧。任何人都會認為他們是一對瀟灑成熟的情侶，可是妙子的心裡卻颳起了一陣風。

曾經浮現在眼前的沙漠幻像，此時重回她的心裡。狂風捲起沙粒，像針一般劃過了她的面頰。

「跳支舞吧？」音羽問說。

他的聲音使妙子聯想到沙子摩擦的沙沙聲。這項連結頓時讓妙子覺得這男人體內的沙漠，與她的沙漠似乎有親戚關係。也就是說，妙子對那一片沙漠早已知之甚詳了。

（原來，和我說話的是位老朋友呢。）

想到這裡，妙子不禁露出一抹淺淺的苦笑。

「妳那個笑容代表什麼意思？」

「沒什麼特別的意思，只是覺得看著你很有親切感。好，我們跳舞吧！」

音羽配合著舞曲，極力展現舞蹈技巧，這讓妙子覺得渾身發癢，曲子都還沒結束就不想跳了。

「不會吧，從來沒有人和我跳舞到一半停下來的！」

「傷了您的自信嗎？」

「不，還沒有。」

「那就好。我只是頭有點疼。」

「老藉口。要幫妳買藥嗎？」

「只要有您陪著我就不疼了。」

「哎，別拿我尋開心了。」

「我才沒拿您尋開心呢！我真的玩得很高興，就是因為高興，頭才疼了起來……」

妙子刻意展現出令人棘手的一面，並且，在這個男人面前可以肆無忌憚當個不好對付的女人，這種快感為她帶來了些許幸福。

「我可以再喝一些嗎？」

「請盡量喝。」

「您喜歡醉了的女人？」

「那可無福消受。女人是為了失戀才借酒澆愁的。」

音羽犀利的洞察力，使妙子心頭一凜。

「是嗎，那麼男人失戀時不借酒澆愁嗎？」

「失戀的男人喝的不是酒，是藥。為了讓自己遺忘，明知難喝也得灌下肚。

可是失戀的女人喝的真是酒，她們把希望寄託在酒上。我實在不忍心看人那樣喝酒。」

「簡直是歪理。」

妙子再也不想聽到這種長篇大論了。音羽這個人，不該說話時偏要講，該讓女人獨處時偏要來討歡心。

「誰命令我們一定要交往？」

「沒有人下達那種命令。」

「就是說嘛！既然如此，您就不必費神相勸了。」

「別這麼刁蠻。妳漂亮又有魅力，所以雖然有些刁蠻，我還是一直陪在這裡沒走。」

「真的？我漂亮又有魅力？是真的嗎？」

妙子明知道自己連聲逼問會讓音羽敗興，依舊緊咬不放繼續追問：

「我真的漂亮？有魅力？」

她在醉意、音樂與人工打造的昏暗中，熱切地渴望聽見男人如此讚美自己。

這是千吉不曾告訴她的話語，也是千吉吝於贈送她的花束。時至今日，千吉就算說了，妙子也一定不肯打從心底欣喜接受，所以她很期盼有個不相關的男人捧來一大把繫上美麗緞帶的花束送給她。當妙子聽到這樣的讚美後，一定可以找回那個從前的自己，將失衡的狀態調整回來……

然而不幸的是，在這關鍵的時刻，讚美她的男人既不庸俗也不木訥，而是一位袖口別著閃閃發亮的德國製金袖釦、將講究優雅定為尋求愛情時的唯一標準的男人，不願意配合妙子回應她迫切的反問。

「我說過的話不再說第二次。說了兩次，聽起來就像謊話了。」

「不要這樣嘛，再說一次嘛！」

「不——行！」

音羽眼裡含著笑意，用訓孩子的口氣輕輕斥了她。

於是神祕的沉默，同時降臨在兩人身上。妙子對音羽已經完全沒了興趣。離開夜總會，妙子說什麼都不肯讓音羽駕駛自己那輛福特騰達汽車送她回去，堅持吩咐門房為她攔計程車，上車回家了。

四十二

接下來的日子，妙子仍然和鈴子密切保持電話聯絡，也與好幾位來歷清楚的紳士見過面。鈴子簡直像招攬觀眾看雜耍似的，把妙子說成了有家庭的女人，到處張揚有個三十來歲的漂亮女人很想嘗試外遇，想找個陪她玩一玩的對象。

這是一種危險的戰略。妙子其實不該用這種刻意的方式找對象，可是她一來沒有勇氣，再者她並不是發自內心想再找個情人，因此非得用這種強硬手段不可。為了顧及鈴子的顏面，妙子配合假裝自己希望外遇。當鈴子發現了妙子使的花招後，忿忿不平地對她說：

「妳這樣簡直像在做生意，還讓我當了仲介商似的！我可不願意！」

「哎喲，這樣不是比較有意思嗎？」

「妳這人真是太沒道義了！」

嘴上雖這麼說，鈴子心裡也覺得有趣。她篩選出絕對不知道妙子底細的男人，告訴他們：「有位太太很想找人外遇……」如此一來，十個男人中總有八、九個躍躍欲試，接著極力邀請她們搭車兜風，還招待大餐。對方男士為了答謝鈴子的介紹，經常邀請鈴子一同出席。妙子對這種不同以往的刺激，以及不太高尚的遊戲，覺得津津有味，卻始終保持銅牆鐵壁的矜持，結果惹得鈴子發火，用小孩子和玩伴鬧脾氣的語氣告訴她：「我再也不和妳一起玩了！」並且從此斷了聯絡。

在這些招待她們的男士中，有一位是名聞遐邇、事務繁忙的政治家，儘管年屆五十，外表看起來仍然很年輕。一天晚上，他在著名的餐廳設宴款待鈴子和妙子，席間沒有說過任何一句低俗的話語，只提起一段浪漫的往事。

當時他是高校生，與一位太太有過一段柏拉圖式的愛情。這段刻骨銘心的情感，使他從此只要遇到三十幾歲的美麗夫人，總會回到當時那個少年不願放棄的心境。他說，今晚和她們一起用餐，感覺就像和那位太太重逢，他非常開心。

看在妙子眼裡，這位政治家心中浪漫的幻影，與她現在遊戲人間的露骨作風，二者有著無法跨越的分歧。他用包裹在和顏悅色下的輕蔑，向自己昔日的美麗夢境復仇，並且這股輕蔑的箭頭，非常明顯地指向妙子，讓妙子覺得很不是滋味。

此後，妙子沒再見過他了，直到某天晚上。那天，妙子從洋裁店搭車回公寓的路上，一直擔心千吉到底在不在家。當車子開到了玄關前的那一瞬間，她和往常一樣又有不祥的預感了。這個悶熱的夜晚令她暈眩。下了車後，她將額頭輕輕靠在玄關的門柱上稍事休息。

她的司機把車開走了。幾乎同一時間，一輛大型轎車開到了玄關前。步下轎車的正是那位政治家，妙子大吃一驚。

「日前承蒙招待了。」

「很好，終於讓我逮到了。」

他伸手搭著妙子的肩，由堂堂六尺之軀發出了宏亮的聲音，毫不介意周遭的側目。感到頭暈的妙子幾乎忍不住想倚靠在他的臂膀上。

「逮到……是指我嗎？真的？您可是位大忙人哪！」

「就是因為忙，才有這種閒情逸致。」

妙子倏然回過神，趕緊演起戲來。

「對不起，會被家裡那位發現的……」

「發現什麼？我們之間可是清清白白的。」

「可是，我們就站在我自家公寓門前。求求您，事情總得講分寸，況且也會傷害到您的名聲。」

「我自知分寸，幾分幾寸都仔仔細細丈量，毫不馬虎。至於我的名聲，大可不必擔心，我連自己姓什麼名什麼都快記不得嘍。」

「算我求您吧，今天請先回去。下次我瞞著家裡那位，到其他地方與您見面，絕不食言！」

「淺野妙子女士有丈夫嗎？」

冷不防聽到對方說出自己的本名，妙子只好順從地投降了。

「您也真是的，原來您早就知道了。」

「畢竟我對真正的已婚女子懷有憧憬。至於妳這種演技精湛但是惡名昭彰的女明星，偶爾送上一些沒有詩意的平凡款待，倒也不是不行。」

「假如我真有丈夫，那又如何呢？」

「立刻變得浪漫極了！」

「若真有丈夫，那該有多好。」

妙子抬頭望向七樓的窗戶。

窗裡漆黑一片，不過黑暗未必代表千吉不在家。或許他在黑暗中，獨自躺在床上聽唱片。然而屋裡亮著燈光也不一定表示他在家。有可能他先回家一趟，開了燈後沒關掉又出門去了。

此時，妙子下了一個出人意表的決定。

（這是我家，我愛怎麼做就怎麼做，根本不必在乎別人的眼光！）

她無意識將臉孔略轉向他，這動作和女人在黑暗中拿小鏡子照自己一樣沒有意義。

「那麼，您想上來坐坐嗎？」

這位政治家語調坦然，簡短答道：

「好的。」

妙子其實希望千吉在家。千吉宛如一種奇妙而強烈的純潔象徵，只要他在七樓那扇黑暗的窗子裡，彷彿就能拯救自己永遠脫離那墮落的深淵。

可是，假如他不在呢？……倘若他不在，有任何差錯全都歸咎千吉！

妙子大可向玄關旁的辦公室借用內線電話撥回家看看有沒有人接，可是她想賭一賭，故意不這麼做，逕自在前面領路去搭電梯。

逼仄的電梯裡，只有政治家和她而已。他溫柔地從後方環抱住她，使她感覺像躺在一尊大佛的懷裡。三樓……四樓……五樓，紅色指示燈的閃動緩慢得可怕，電梯似乎永遠到不了七樓。妙子寧願電梯無法抵達七樓。

四十三

當妙子進到屋裡開了燈卻沒有看到千吉的人影，頓時大失所望，覺得自己是全世界最不幸的女人。屋裡的照明似乎比平常更加光亮，亮得像在嘲笑她。

「您想喝點什麼？」

妙子不得已，只好請政治家進來。去拿洋酒瓶時，她順便繞進臥房察看，打開燈卻同樣不見千吉的蹤影，不由得心中一窒。她當千吉只是在玩捉迷藏，幾乎有股衝動想連衣櫃和碗櫥全都打開來找一遍。

妙子心裡滿是期待與不安，等著千吉是否會在政治家還沒離開前先進門了。她一方面期待他現在回來拯救自己，一方面又期待他現在回來把她臭罵一頓治罪。這兩種情感同樣不合邏輯，看在第三者眼裡，肯定要譏笑一番：這算哪門子「拯救」？又算哪門子「治罪」？

政治家的手搭在肩上了。

（阿千若是現在進門，我再也不受人誘惑了！）

政治家的手撫到胸前了。

（阿千若是現在回來，就能立刻把這個人趕出去了！）

政治家吻了很久很久。

（阿千若是現在現身，我會馬上推開他站起來！）

當機立斷的時機一次次流失，妙子宛如在千吉眼前表演和另一個男人玩起了愛情遊戲。妙子滿心期待著究竟要進行到什麼階段，才能見識到千吉「真正」的憤怒呢？

於是，妙子失去了良心。她的良心化成千吉的身影，不曉得上哪裡玩樂去了。在男人的眼中，恐怕沒見過如此輕易上鉤的女人吧。

況且妙子此刻的用情不專可是貨真價實的。她整顆心全掛在千吉身上，但千吉又千真萬確不在家，所以既不需要拿政治家的唇和千吉的唇做比較，也沒必要把政治家的唇想像成千吉的唇了。

一些風月場所的女人和酒吧女郎，已經引不起這位相貌瀟灑的政治家的興趣了，倒是妙子對他而言還算相當新鮮。即使拿年齡相比，妙子也自覺比不上那些擅長化妝和調情的業界行家，但是此刻的她仍能得到政治家的青睞，不免頗為得意。妙子多麼希望千吉也能在場聽一聽政治家對她肉體的每一句讚美。

四十四

隔天夜晚。

臨睡前，妙子盡可能用輕描淡寫的語氣告訴千吉：

「我昨天和別人睡了。」

剎那間，從千吉赤裸的胸膛的急速起伏，可以看出他正努力控制自己不表現出憤怒。妙子在講這句話之前，已像裝設測謊機似的，若無其事地把指尖擱在他心臟的位置了。

妙子心裡有數，千吉為了面子，這時候絕不會大發雷霆。原先最令她害怕的其實是另一種相反的狀況，也就是他並不生氣，只是基於禮貌而佯裝發怒。

所幸情況並沒有糟到那種地步。妙子對千吉的心跳由於憤怒而瞬間加速感到滿足。任憑千吉的演技再好，總不可能連心臟也有辦法隨意控制。

「不生氣嗎？」已有十足把握的妙子愉快地問他。

「不生氣。之前都講好了啊。」

「沒錯，而且是我主動提出的約定。那麼，你呢？」

「我才不說哩！說了妳一定生氣。」

千吉此時的心跳已經恢復正常了。

「你還真自負。」

「我本來就自負。」

「你是出於好意才不想讓我知道呢？還是心存惡念才故意不告訴我呢？」

妙子自己也曉得這種問法很無聊。如果她能看穿千吉的本性，根本從一開始就不會對千吉動心了。

「算了。」妙子知道再繼續追問，只會讓自己受傷罷了。「那麼，就依我們的約定，以後兩邊都公開介紹給雙方認識。這樣做才好，心裡就不會有疙瘩了。」

後面這段話妙子像是講給自己聽似的。千吉發現話中有話，立刻質問她：

「有什麼疙瘩？」

「很多曖昧不清的事。」

「哪裡來的曖昧不清！全是妳自己胡謅的。」

其實千吉也很珍惜像這樣兩人獨處的夜晚。最近他比以前用功，勤奮苦讀的模樣連妙子看了都覺得掃興。他認為自己的英語會話能力有待加強，買回一大疊英文會話入門書籍，要妙子陪他練習。

「你那個R的發音日本腔太重了，聽起來像L，根本變成另一個字了。」妙子不客氣地糾正。

「I am terribly sorry to have kept you waiting.」（讓您久等了，非常抱歉。）

「這樣沒有抑揚頓挫。用日語說這句話時，也會在『非常抱歉』這幾個字上面加重語氣，對不對？terribly要唸得更誇張、更做作一點，試試看！」

「terribly——」

「對了，就這樣！繼續往下唸！」

「I am terribly sorry……」

「好多了。你這種常讓人等待的人，說起這句話果然流利。如果換回日語，就算讓人等得再久，你也絕不會開口道歉的！」

「哼，那也得看是誰等我啊。」

「壞透了！」妙子擰著千吉嘴巴，啐了一句。

他知道以前工作的風信子酒吧裡，有幾個常陪外國人的陪酒男侍能說一口流利的英語。他並非沒有那種機會，卻由於擁有強烈的民族意識，就算陪外國人應酬，多半只擺出一副高傲的面孔，也不怎麼開口，以致於學到的頂多是餐點的讀法與西餐禮儀之類粗淺的用語而已。

千吉用功完畢後，喝一杯睡前酒就上床了。這陣子妙子提高了警戒，哪怕千吉流露出一絲一毫搪塞她的態度，也絕饒不了他。不過千吉一直沒有任何異樣。

嚴格而言，妙子認為兩人之間的連結，如今只靠性關係來維繫，然而事實是，人與人之間更具有人情味的關係，會在彼此傷害的過程中慢慢滋長。純粹使用動物性思惟的千吉，由自身的肉體直接感受到妙子的付出，於是放下心來，順從地把臉埋在她的胸前。自從他在熱海由莫名的不安中得到了釋懷以後，反而敞開心扉，表現得更加順從。

「還是聞慣了的味道比較好啊。」

完事後，千吉會說這類低俗的黃色笑話。但妙子卻因為這時的他太享受平靜，也太解除戒備，反而提不起勁來。

真要說的話，妙子的個性容易緊張，過度拘泥於「熱情」這種字眼了。相形之下，千吉與她截然相反。在這個年輕人空虛的眼神裡只看得到現在、只看得到現在這一刻的誠實，而這種在特定條件之下出現的誠實，妙子也不得不承認它並無虛假。兩人就像這樣，每隔幾天，便會享有一段難以形容的寧靜的休憩時光。

在倦懶的歡愉中，兩人赤裸著彼此早已見慣的身體躺在一起，那是一種即使不看對方的臉，也知道對方現在是什麼表情的心靈契合。

這樣的時刻，會出言嘲諷甚至主動挑釁的，通常都是妙子。那是因為她明白，在這樣狀態下做出那些舉動，最不會讓兩人的情感烙下致命傷。

兩人的手指，時而交纏，時而逗撓，這也是因為他們太了解彼此的律動了。他們像電力工程師在調整配電盤，非常清楚什麼地方會激起火花，到了哪裡又會燃燒殆盡。

自從妙子和政治家有過那層關係之後，雖不知道千吉心裡是怎麼想的，不過妙子現在已經可以肯定，他的態度完全沒有改變。為了不讓妙子有罪惡感，千吉透過這樣的方式安慰她。妙子很佩服他這種殘酷的善意。千吉和妙子非常清楚，如果不坦然接受這份善意，一切就會瓦解。

而他們兩人不惜用上各種死纏爛打、偽善誆騙的伎倆，也不願意讓這一切瓦解。

縱使置之不理，這樣的關係應該至少可以維繫百年之久。兩人就算不發一語，也好像有一種神奇的黏土將他們黏合起來。只是那種關係不含有絲毫浪漫的成分，而那份平靜亦存在著不可言喻的自我墮落。

儘管知道置之不理是最好的辦法，可是雙方都在慢慢破壞它。他們無意讓它徹底坍塌，只想破壞一小部分。不這麼做，這種不可思議的自由，恐怕會讓他們窒息。

四十五

到了八月，妙子終究沒有機會離開東京，倒是千吉說朋友邀他去別墅，匆匆忙忙回來整理行囊就出門，兩三天過後才帶著一身被豔陽曬成古銅色的肌膚回來。這種情形發生了好幾次，他仍舊沒有交代去什麼地方了。可惜妙子不是千吉的母親，否則看到他那健壯的體格一定很高興。

「真奇怪，本來只喜歡霓虹燈的人，現在居然願意上山下海？」

「心境不一樣了啊。」

「我們那個互相介紹男女朋友的遊戲，什麼時候玩？」

「等夏天結束再說。」

妙子和那位忙碌的政治家從那次以後，只見過一面而已。在這段短短的時間裡，他已經出國兩趟了。根據傳聞，他不僅公務繁忙，私底下還有兩個情婦需要打點。

這些流言蜚語傳入妙子的耳中，並沒有影響到她的心情。政治家在妙子面前從來沒有表現過「蓄妾乃是男人真本色」的老派思惟，自始至終都視妙子為志同道合的友人。

不僅如此，他的言行舉止雖然是誇大的洋派作風，但在肉體方面非常淡泊。儘管見過兩次面，可是之後他像是不記得兩人曾經有過肉體上的結合了。他從法國回來，隨手送了妙子一瓶一盎司的讓．巴杜的喜悅香水。妙子相當懂行情，在當地買少說得花上三十美元。

妙子第一次認識這種類型的男人：妙語如珠、精壯結實、熱愛工作、絕非花花公子，並且幾乎沒有肉體慾望。更美妙的是，不給妙子造成情感上的任何負擔。對現在的妙子來說，無疑是天上掉下來的禮物。

「巴黎的羅浮宮美術館，已經把華鐸那些洛可可派的畫作移到更好的位置掛上，比以前好多了。羅浮宮現在的陳列方式，也變得相當現代化了。」

雖然諸如此類的談話，嗅得出這位政治家刻意展現其知識分子的一面，除此之外，在其他方面並沒有裝腔作勢的習癖。

倘若進一步深思，妙子似乎被他選定為知識層面的「心靈伴侶」，也因為一開始就將她定位成這種對象，所以才沒有向妙子需索肉體。他說過，在他的生活中，少有機會遇到有內涵的女性，自從認識了年增園的信子之後，他終於有機會接觸自己憧憬的那一類女性。有一回，他一時口快，說了信子太缺乏女性魅力，所以他根本不考慮找她當對象。妙子聽了，並沒有覺得不愉快。

夏季已至尾聲，人們陸陸續續從避暑別墅回來，妙子的事業跟著繁忙起來。

妙子曾經撂下的那句「我發誓絕不會拆散你們」，並向千吉提議互相介紹「第三者」的約定，在她腦海裡愈發戲劇性地巨幅膨脹。以常識而言（這種情形適合用「常識」這個字眼嗎），最好不是在敲鑼打鼓的情況下，而是自然而然地互相介紹，譬如，他們兩對在某個街角巧遇，妙子介紹千吉給另一位男士、千吉把妙子介紹給另一位女士，若能用這種方式介紹，簡直太瀟灑了。問題是隨著時日過去，這項計畫變得愈來愈不自然、愈來愈小題大作，再加上千吉那句「等夏天結束再說」的話中充滿令人抱持期待的暗示，導致事態已經演變到非解決不可的地步了。

那位政治家介紹自己的姓名是「平敏信」。不過，報上全名會讓他想起疲累的競選活動，於是他拜託妙子單稱一個字「敏」就行了。每當妙子接聽他的來電，總是用叫喚年輕男孩的輕鬆口吻問道：

「哦，是敏嗎？」

退一萬步來說，即使他當上了總理大臣，應該還是允許妙子有足夠的資格，照樣可以隨意暱稱他一聲「敏」。妙子對這一類握有權力的男人心理結構瞭若指掌。畢竟認真說來，他主動告知妙子「請這樣稱呼」的舉動，已經屬於某一種許可了。

一天，平敏信撥了電話給妙子。

「後天晚上我有空，要一起吃飯嗎？」

「嗯，好呀。」妙子的聲音愉快而清脆，又用吊兒郎當的語氣接著說出一串話，「到時候可以一起招待家裡那位嗎？」

「一起招待……此話怎講？」

「我和家裡那位說好了，要公開介紹彼此的情人。」

「聽來挺有意思。恕我失禮，妳一口一句的『家裡那位』，究竟是誰呢？」

「不是我養的狗，而是人喲。」

「我當然知道是人，想請教的是那一位貴庚？在哪裡高就？」
「請容許暫時保持一點神祕吧。」
「可是，萬一和我是同行，都從事政治工作，那就麻煩了。」
「您不會在意那點小事吧？」
「以前提過好幾次了，很少有事情會讓我介意的。」
「那就沒問題了嘛。職業的事您儘管放心，至少他並不在政壇上。」
「我所謂從事政治工作是指不分男女老少，廣義政治工作者。若是年輕人，參與全學連的學生也包含在內……」
聽到這裡，妙子十分驚訝。
「哎喲！」
「怎麼了？」
「您真是的，早就詳細調查過了，還裝作不知道。」
「但是，我並不清楚千吉君是否加入了全學連。」

「好了，別說那麼多了。總之，您大人有大度，麻煩一起招待那個不良小子和那小子帶來的女伴。我很想知道對方是個什麼樣的女人呢。」

「真是辛苦妳了。雖不知道我飾演的角色到底是小生，是丑角，還是大反派，這樣也挺有意思的。那麼，後天六點，我會在新橋的『壽』訂一間四人座的小包廂。」

四十六

「壽」是一家京都高級傳統餐廳的分店，等級相當高，不許顧客召入藝妓助興，餐餚精緻講究，名聲響亮。

明明約的是六點，出席者居然全都遲到了，這樣的情況並不多見。

妙子晚了三十分鐘還是最早到的，隨後而來的是先參加了某場委員會議才趕到這裡的平敏信，遲了四十五分鐘。兩人先小酌一下，時間已至七點，千吉和女伴仍然沒有出現。平敏信開始起了疑心。

「究竟是對方爽約了，還是我中了妙子女士設下的圈套呢？」

「我若是有心設局，才不會用這麼拙劣的手法呢！待會兒就來了吧。我老公常這樣，可以想見。」

「我不喜歡聽妳用那麼不正經、開玩笑的口吻說『我老公』。那種說法其實不是對千吉君，而是對妳自己的嘲諷。既是真心愛上的人，就該用充滿愛意的稱謂。」

「已經不是談情說愛的階段了。」

這句話說出口後，妙子才發覺她只把平敏信當成一位諮商煩惱的對象。

「也就是說，你們兩人只是在鬥氣嘍？」

平敏信雖與她有過一兩次肉體關係，但對她說話時仍然使用尊敬禮貌的措辭。

「根據我的調查，你們兩位目前是同居關係。同居這個名詞的意涵並不文明，具有貶低的意味，我不認為妳會欣然接受那種詞彙套用到自己身上。」

「可是，我覺得那個名詞很有親切感。我們目前處於只用身體互相依偎取暖的階段，這樣的『同居』方式或許不為世俗眼光所接受。不過，我們的關係非常抽象，也有相當程度的親密。從學理的角度來看，或許可以稱為『共居』吧。」

「好個共居！」平敏信笑出聲來。「也罷，就我的利益而言，不屬於任何一方的妳是最美麗動人的。身為政治家，能成為妳用來對抗的武器，這是我的光榮，十分感謝。」

「換作是別人，一定講話很難聽，您卻爽快地一口答應下來，真是男人中的男人！我受夠了那種自以為是大眾情人的類型了。」

兩人還在聊著這種沒有情調的話題時，一位女侍前來通報：

「貴賓到了。」

一身端正的晚間西服的千吉，從王朝風格的帷幔下方進來了。他跪伏在榻榻米上，恭敬地向平敏信行禮。

「女伴呢？」妙子問他。

「讓她在走廊上等著。」

「無須多禮，快請她進來！」

「真的可以嗎？」

「都要見面了還問這個做什麼，快請進！」

千吉出去喚人。不久，上淺下深漸層染織的紫色帷幔旁，出現了身穿葡萄紫色洋裝的室町聰子。妙子大為震驚。

「是妳？可是……兩三天前妳不是還來……」

講到這裡，妙子再也無法往下說了。這個夏天，室町聰子和她母親競相來訂製服裝，前兩三天也來試穿過，甚至今天穿的這襲洋裝同樣也是由妙子設計的。

自從纖維公司董事長夫人室町秀子在L國大使館認識妙子後就成了她的客戶，其女兒聰子則是在聖羅蘭的時裝展示會上見到了千吉。然而展示會結束後，妙子作夢都沒有把聰子和千吉想到一塊去，實在太大意了。

聰子與母親頻繁造訪洋裁店。她在東京與避暑別墅之間來來去去，曬出一身漂亮的小麥色，訂製了適用於不同場合的服裝，有到海邊穿的沙灘裝，也有在高原散步的休閒服。原來那些衣服全是為了千吉而訂製的。妙子根本無法責備千吉和聰子未曾對她透露行蹤，只能怪自己為何沒將千吉身上的古銅色和聰子身上的小麥色，以及向來厭惡旅行的千吉竟於夏日出遊等等一連串的現象，及早從中窺出端倪。他們曬黑的膚色，應該和一般人曬黑的膚色大不相同，那種褐色是在眉目傳情中悄悄成熟的果實的顏色。妙子真恨自己怎麼會渾然不覺！

妙子氣得全身發抖，可是這種時刻如果垂頭喪氣等於認輸了，她於是提高嗓門說：

「哎呀，真想不到！實在讓人猜不透，你們兩人是怎麼認識的呢？」

「就在聖羅蘭的時裝展示會上認識的呀。展示會過後兩三天，就常在外面約會了。這沒什麼好奇怪的嘛。」聰子從容地回答。

嫉妒會蒙蔽你的眼。

從沒想過時常在眼前翩然飛舞的大蝴蝶有什麼害處，反而經常對遠方樹蔭下的小蛾子疑神疑鬼。

聽子在初識的平敏信面前亦未露出懼色，用甜美的聲音向妙子撒嬌：

「現在回想起來，我那時候好羨慕妙子阿姨喔。阿姨和外甥，多麼親密的關係哪！從我在時裝展示會上見到兩位的第一眼，就很羨慕您們了。而且，那天才剛認識，阿千就對我說了不中聽的話。……他的舉動引起了我的好奇，想對您們那種特別親密，又有點詭異的浪漫關係一探究竟，於是趁著展示會散場時，偷偷主動約了他明天五點在同一家飯店的大廳見面。阿千那時候還驚訝得瞪大了眼睛呢。……先不說這些了。請問這一位是妙子阿姨的男朋友嗎？這位伯伯真瀟灑！」

妙子與平敏信望著聽子，雙雙瞠目結舌。至於千吉則像個成功表演了一場偉大的魔術的魔術師，朝台下的觀眾露出滿意且不屑的冷笑。

「這到底是怎麼一回事呀？簡直像義大利喜劇最後一幕的大結局哪。」妙子說著，一面啜著酒，並且嚴加警戒繼續觀察這兩個年輕人。

之前確實是妙子的疏忽，不過這兩個人既然來到了她的眼前，多年歷練的觀察力總該發揮效用了。

大言不慚且不甘示弱的聰子，是個未經世事的千金小姐，應該當真相信千吉是妙子的外甥吧？妙子可以體會得到這位千金小姐的心情，她既羨慕這對所謂的姨母與外甥的親密關係，更受到初結識的千吉冷淡的對待所吸引。但妙子不懂的是，為何室町夫人在她面前，連一次都沒提過千吉的名字呢？千吉既然受邀前往避暑別墅，總該和聰子的母親見過好幾次面。縱使千吉遮遮掩掩、神祕兮兮地與聰子交往，妙子仍然無法理解，是什麼緣故使得室町母女願意與千吉結為防備森嚴的同盟戰友呢？

另一個問題是，這兩個人的關係到底發展到什麼地步了。妙子面露微笑，趁著千吉與聰子交談之際，悄悄向平敏信附耳打探。

「您看如何？這兩個孩子已經睡過了嗎……」

「妳很憂心吧？」

平敏信瞇起眼睛，享受著這頓格外嚴肅卻又冒瀆的晚宴氛圍。

畢竟是在光線明亮的日本餐廳包廂裡，無法私下交談而不讓同桌的人聽見，平敏信乾脆大聲回答：

「關於妳方才的疑問，若由老一輩人來看，會認為並無曖昧，不過看在現代人眼裡，又是如何呢？舉個例子，用現代人的眼光來看我們兩人，會得到什麼樣的結論？」

「您真是的，我沒問那些！」

「用現代人的眼光來看您們二位的話……」千吉聲調爽朗，但眼中閃過一絲冷意。他接口說，「您們是某種型態的死屍。」

「我猜到你會這樣回答了。妙子女士，我說的沒錯，他果然是全學連的人，沒錯吧？」

平敏信不愧見多識廣，仍然面露愉悅，沒有驚慌之色。

現場有臨危不亂的平敏信在一旁當靠山，妙子就能冷靜客觀看待事物，也自然而然可以把那兩個年輕人當成孩子般對待。

站在妙子的立場，此刻正在眼前上演一場可悲的毀滅，但是她感到自己從來沒有像現在這樣擁有堅決的勇氣。她勸千吉多喝幾杯，千吉也果真喝得醉醺醺的。

酒興正酣，千吉從口袋掏出了兩粒骰子。

「各位客官，請看過來！猜猜今晚是哪一對能夠搭檔成功呢？這裡有一對新搭檔的、一對舊搭檔……慢著，莫非會產生一對最新的搭檔出來嗎？來來來，請各自挑個號碼報數吧。女士是紅色的數字，男士是黑色的數字，也就是說，女士是偶數，男士是奇數。平先生，您先挑個號碼吧！」

「我期許自己是永遠的ＮＯ１，所以選１。」

「好，那麼我就挑５吧。」

「我選４。」妙子說。

「我要６。」聰子說。

千吉重操舊業，玩起了酒保常陪客人玩的餘興遊戲。妙子並不清楚千吉把自己的過去，向聰子坦白到什麼程度了。只見他擲了好幾回合，總是無法順利擲出紅４

和黑1，或是紅6和黑5的組合。

「來，這次一定要成功！」

千吉祈禱後向桌面扔出兩粒骰子，出現的是黑1和黑5。

「哎呀，兩位男士可就沒辦法湊成對嘍！」

妙子沒多想，脫口說了這句話，馬上被千吉狠狠瞪了一眼，並且急忙拾起骰子重新甩擲。目睹千吉的舉動後，妙子心裡非常篤定。

（他果然不敢坦承在風信子酒吧的那段履歷。）

「別再玩這種遊戲了！」

聰子像抓瓢蟲似的，倏然伸出雙掌蓋住骰子抓起來，這場遊戲也就到此結束了。

套餐中的八寸餐餚，是以蓋上秋日蟲籠的方式盛盤上桌的。籠子裡擱著賞月糬丸子，以及象徵七種秋季花草的精緻餐點。妙子揭開籠蓋，順口問了平敏信：

「敏，可以把我放在這種籠子裡養嗎？」

「很遺憾，一般而言，像蝴蝶那般嬌貴的昆蟲，是無法放在籠子裡飼養的。」
「乍看同樣是蝴蝶，卻是秋天的蝴蝶，再不久就要離世了。」
妙子也不懂自己為什麼會說出這麼催人落淚的話來。
她原意只是開句玩笑，但平敏信不置一詞，並沒有被她逗笑。
就在這時，很少看到醉得這樣滿面通紅的千吉猛然抓住聰子的手腕舉起，像拳擊裁判高舉獲勝選手的手臂一樣，無預警地說了一句：
「平先生，請您當我們的媒人吧！」
今晚的宴席宛如一連串的惡作劇，其中又以這句宣示榮登最中之最。妙子只覺得自己像在惡夢裡看到驚悚的一幕。

四十七

這場無異於惡夢的晚餐結束後，千吉匆匆帶著聰子告辭了。望著雙雙離去的背影，妙子受到了嚴重的打擊。為了振作起來，她強迫自己這樣想：

（那兩個人說什麼要結婚，一定只是用來調侃我的玩笑話罷了。）

腦中浮現這個解釋後，妙子只想獨處，她想一個人慢慢享受這個笑話。

平敏信果然是善於察言觀色的政治家，立刻發覺妙子希望獨處。他沒有喋喋不休的碎嘴安慰，或者有失風度的嘲諷譏笑，只神態自若地送妙子回到公寓，並在臨走前告訴她，「有任何問題無法自己解決時，隨時都可以來找我商量」。平敏信對自己的處理周到與瀟脫帥氣，似乎頗為得意。

直到妙子只剩自己一個人，終於不知所措地放聲大哭了。

過了好幾天，聰子的母親室町秀子到洋裁店，像是什麼事都不曾發生過似地邀請妙子一同用餐，妙子才從她口中逐漸拼湊出事情的全貌。

她們來到位於虎門的一家大飯店裡附設的日本傳統餐廳。室町夫人進了包廂落坐，隨即在設計師妙子的面前稱讚起身上這一襲今天剛做好的秋裝。

「託妳的福，大家都誇我的格調愈來愈高了。這一切都是妳的功勞，我得提醒自己時時小心，別以為自己的眼光當真變好了，萬一自作主張胡亂搭配，可就危險嘍！」

「夫人過謙了。夫人本來就很有眼光，只是受了別家洋裁店的糊弄，糟蹋了您原本的才華，我哪裡敢居功呢！」

妙子仍和往常一樣說些應酬話。過去，她從沒把這個肥胖的富太太放在眼裡，如今卻成了一個令人不悅的天大仇敵。妙子眼含笑意，心裡並未鬆懈。

「這家日本傳統餐廳的服務真是沒話說。剛開幕時沿用日式禮儀，酒菜都先服務男性顧客。飯店老闆三宅女士（妳也聽過這位女士吧）有回到這裡用餐後勃然大怒，斥責說這裡既是飯店，自然會接待很多外國客人，因此服務時非得講究女士優先才行。全東京只有這一家日本傳統餐廳是先為女客人斟酒的，我非常中意。但凡與男士用餐，必定帶來這裡，總把他們嚇得魂飛魄散呢。」

夫人和平常一樣和藹地與她話家常，看起來仍舊是過去那一位信賴妙子、連服用感冒藥都得找妙子商量的「永遠的手帕交」。既是如此，為何與千吉有關的大事，卻偏偏隱瞞了她呢？妙子不禁滿腔怒火。夫人為妙子斟了一杯後，終於切入今天的正題了。

「我想談一談妳的外甥……」

接下來從夫人口中說出來的每一件事，無不令妙子錯愕連連。

那場時裝展示會結束後沒多久，聰子隨即與千吉私下約會，很快就對他死心塌地。室町夫人向來對女兒耳提面命，只要交了男朋友一定要立刻帶回家裡給父母看，因此聰子和千吉約會兩三次之後，就請他到家裡介紹父母認識。

夫人說她永遠無法忘記那一晚有多麼戲劇化。

以下就是夫人轉述的事情經過。

四十八

每逢週日晚間，室町董事長總是和家人共進晚餐。聰子邀請千吉在晚餐結束後的九點鐘造訪。當然，事先已稟報董事長，當天晚上妙子的外甥、現在是聰子的朋友會來家裡作客。

千吉一身西裝筆挺，分秒不差於九點整抵達。

室町府邸座落於一處能夠俯瞰多摩川的高崗上，庭院裡有一大片寬廣的草坪，以及供全家人用餐後休憩的娛樂室。那間娛樂室足以令普通旅館的同樣房室相形失色。其實室町先生的品味並不獨到，只是全權委託建築師設計建造，因此所有的建材和設計皆是最新穎的。建築師最大的挑戰是，如何將居家生活的雜亂隱藏起來，在這處宅院裡留出餘白的空間。這只是妙子當時登門拜訪後的感想。

幾句閒聊之後，室町先生隨口問道：

「你讀哪間學校？」

聽到千吉回答的私立大學名稱，室町先生並不滿意。一旁的夫人添了一句：

「那所大學去年在六校聯合的棒球賽中得到冠軍呢。」

豈料夫人這一補充，反而使接下來的氣氛變得更尷尬。

「你打棒球吧？」

「沒有。」

「有擅長的運動嗎？」

「以前學了一些拳擊。」

「拳擊……」

室町先生再次打量千吉的面孔，或許是唯恐他突然揮拳過來。總之可以肯定的是，拳擊並不屬於室町先生喜歡的運動種類。

這層因素導致現場的氣氛愈發凝重。

就在這時，千吉忽然從椅子站身，做了一場震撼人心的演講。由於他面色發青，室町先生還以為這個衝動的年輕人會陡然送來一記勾拳，不禁在安樂椅裡縮得全身緊繃，同時朝門口瞥了一眼準備伺機逃走。

「大家對我似乎都不太滿意……」

「你誤會了，我們沒說不滿意……」

室町先生急得猛搖手，聰子嚇得拉住千吉的外套，卻未能阻止接下來的事態發展。

「所以，懇請諸位聽我說幾句話。我在此嚴正聲明，與令嬡的交往，絕對不是我央求而來的。不過，這段日子以來，我和令嬡交往時，的確將自己打扮得比較體面，自己也知道這麼做是不對的，因此今天晚上我要向諸位坦白一切。假使聽完之後，可以接受我真正的樣貌，今後請繼續與我交往。最後這句話是對聰子小姐說的。」

「我心臟噗通噗通直跳，連先生和女兒的臉都不敢看了，更別說看千吉先生的臉了。那情景簡直是一座火山就在我眼前爆發了。不過，上哪裡都找不到任何一個男人，能像那時候的千吉先生那般豪氣、悲壯與了不起。我深受震撼，太感動了。再怎麼說，沒有半句謊言，把一切坦白說出來，這需要很大的勇氣不是嗎？妳說是不是？那麼難為情的事，一般人絕說不出口的，他卻全部講出來了！」

「全部講出來了？」

妙子立即反問，這句問話隱含著某種感動。假如千吉真的坦白了一切，甚至不惜坦白所有的羞恥之事，他的勇氣在那一刻就等於無與倫比的真誠。儘管那未必是對聰子的真誠情感，然而他再也無法忍受自己的內在，以及擺布自己的虛偽，於是一口氣將那些矯飾統統丟掉。那個瞬間實在令人驚嘆！

妙子與夫人用餐的小包廂敞著隔扇。她望著隔扇外，有對外國夫婦大模大樣地穿過庭園，緊隨在後的是兩個看似作東招待的日本中年夫妻，頂著寒酸的長相在後面陪笑，三步併作兩步趕著跟上去。妙子想像著千吉由這虛偽的世界展翅高飛的孤獨姿影。

（全部講出來了！）

妙子心想。

（若是如此，他此後就成為一個永遠享有完全自由的人，一個得到徹底解放的人了。）

「他在那場演講裡還說了……」室町夫人繼續往下說。

「……其實，我根本不是妙子女士的外甥。坦白說，我和妙子女士正在同居。」

「我就覺得你們似乎有那麼一點味道。」

夫人從旁插嘴，被室町先生瞪了一眼。

始終深信女兒是純潔無瑕的室町先生非常憤怒，一心只想盡快把這個年輕人攆出去，即使要動用警察的力量也在所不惜。室町先生同時打定主意，全家人日後都不准與妙子往來。但他心裡也很好奇，這個年輕人接下來還會說些什麼呢？

「我老爸開了間小工廠，工廠後來倒閉，老爸不僅沒辦法幫我付學費，還帶著老媽和妹妹搬到千葉的鄉下去了。從那時候起，我決心與老家斷絕往來，自己養活自己。我一邊打工一邊上學，在打工的咖啡廳認識了妙子女士的朋友，不久之後認識了妙子女士，後來才開始接受她的資助，她是我的恩人。自從和聰子小姐交往後，我一直很痛苦，但也是在認識聰子小姐之後我才明白，無關恩惠、也無關義理的感情，竟是那麼美麗！與冰清玉潔的令嬡相比，我是一個骯髒齷齪、毫無價值的人。雖然天天認真去學校上課，畢竟還是接受女人的資助。我對天發誓，絕對沒有擅動令嬡一根汗毛。既然今晚已向諸位坦白一切，您們若叫我走，我會立刻離開這裡，往後也絕不會添府上任何麻煩。我只是……」說到這裡，千吉由於哽咽而停頓半晌，才又接下去，「……我只是深深受到冰清玉潔的聰子小姐吸引，因而愈來愈厭惡自己的偽裝！我再也等不及要將真實的自己呈現在諸位面前了！這是我的肺腑之言，希望能讓您們了解。」

一席話說完，千吉坐回椅子上，頭垂得低低的。

妙子聽著夫人的敘述，費盡全力才勉強保持冷靜。在仔細聆聽的過程中，她發現了很多疑點。首先，妙子最生氣的是，千吉把她塑造成一個沒有愛情成分的大恩人，然後又在聰子的父母面前，好幾次用「冰清玉潔」來形容那個厚顏無恥的千金小姐，簡直欺人太甚！

另外，妙子還察覺到一件驚人的事實——千吉說的是「咖啡廳」，而絕口未提「人妖酒吧」。

四十九

室町夫人的故事還沒有講完。

聽到千吉的坦告，室町先生起初很憤怒，後來看見他演說到了結尾的聲淚俱下，以及妻女也感動得一同流淚，心境才漸漸起了轉變。

從夫人的敘述中，妙子無法得知室町先生改變看法的確切原因。不過，眉清目秀的室町先生是贅婿，而繼承家產的夫人並無姿色，可以想見千吉這番告白中，顯然有打動室町先生之處。再進一步地大膽推測，說不定室町先生年輕時候，曾經與千吉有過同樣的境遇。

況且，室町先生在事業上獲致成功之後，已有許久沒聽過這樣的坦率直言了。像他這樣的大人物多半具有洞悉本質的眼力，能夠一眼看穿對方其實只是故作道貌岸然；相反地，對方若以真實的樣貌背水一戰，大人物也會對他折服不已。尤其溺愛女兒的室町先生，感動於這個奇特的年輕人用自身的醜陋來襯托他女兒的「冰清玉潔」，並且明知說出來有百害而無一利，依然選擇坦承不諱，更使得室町先生感受到一股莫名痛快的震撼。

夫人說她馬上察覺到丈夫開始改變了想法——說不定這個年輕人是現今少見的可造之才！

除此之外，室町先生最大的長處就是沉著冷靜。即使聽完了千吉慷慨激昂的演說，經過他的「冷靜思考」，認為這番坦白乃是這個年輕人偽惡與自虐的真情流露，於是改變了想法，認為這時候怒斥年輕人「滾出去」絕非上策。

如此轉念一想，頓時心情放鬆下來，也有餘裕從另一種角度審視眼前這有趣的情形了。這時室町先生也發現，早前決定斷絕和妙子的往來，不過是意氣用事。既然這個年輕人口口聲聲說他敬愛聽子的「冰清玉潔」，至少沒有立即的危險性。假如聽子真的那麼喜歡他，現在硬要拆散，肯定會得到反效果。不如暫時靜觀其變，若能等到聽子膩了他，那就再好不過了。而且這個年輕人相貌堂堂，誠懇可靠，頗受女人青睞。

「現在有個問題……」室町先生略微思索才開口說道，「聽子妳聽了千吉君剛才說的話，知道了他和妙子女士的關係之後，還想和千吉君交往嗎？」

「我一點也沒吃驚！」聽子抬起頭來，毅然的語氣反而讓室町先生訝異了。「他們的關係，我從一開始就發現了。沒有人會當真以為她是親阿姨。看到阿千陷在那裡，我無論如何都要把他救出來。我要憑自己的力量，洗刷他身上所有的汙穢。這需要一些時間，我一定辦到給您們看，非得讓阿千那段慘澹的經歷成為過去。也請父親大人支持鼓勵！」

室町先生與夫人面面相覷，兩人眼中都流露出明顯的驚訝，沒想到「冰清玉潔的女兒」居然心懷濟世救人的大志。夫人也讚許千吉乍看桀驁不遜的樣貌中，似乎也蘊藏著讓女人想成為「白衣天使」的力量。

妙子聽到這裡，聰子趾高氣昂的豪語比千吉說的話更讓她生氣。什麼叫做「把他救出來」？什麼又叫「洗刷他身上所有的汙穢」？

妙子一直認為是自己把千吉從泥淖中拯救出來的，現在居然有人把她和千吉的關係看成一團爛泥巴，這讓妙子完全無法忍受。千吉在遇見妙子之前待的地方，才是真正的泥淖。……這時候，妙子的腦中又閃過了一個新發現。

（千吉假裝坦承了一切，其實他曾在人妖酒吧工作，以及賣身給男人的事，都沒有說出來。）

室町夫人說，室町先生有個特別的習慣，只要讓他中意，就會對那個人非常親切。

那一晚，千吉回去後，室町先生向夫人稱讚千吉的正直。

「那小子是個人才！這年頭的年輕人只會說空話，教人看得直搖頭，像他那樣的耿直和勇氣，實在罕見。換作是普通年輕人最羞於啟齒的事，他全部說出來了。……以世俗的想法，大概會馬上把那種人轟出去，可我有我的打算。如果我們要求他『只要和妙子徹底分手，就答應你和聰子交往』，反而逼那個正直的小子得想辦法編謊，而我們也等於提出一項條件，一旦他辦到了，就得答應他與聰子交往。倒不如暫時從旁觀察，試一試他的誠意。總之，我現在對那小子很有興趣。」

從那天起，千吉得以大大方方進入室町府邸，也愈來愈得到室町先生的疼愛。令人意外的是，室町先生並沒有基於道德觀而厭惡「受女人豢養的男人」。室町先生和千吉相熟之後，甚至會拿妙子的事開開他的玩笑。

千吉對於他人個性的敏銳嗅覺，嗅出了室町先生少有機會見到耿直之人，因而在室町先生面前總是表現幾近過度耿直的舉動。看在室町先生眼裡，千吉簡直是珍奇的新人類。整間公司裡沒有任何一個人敢像千吉這樣直接告訴室町先生：「我的看法是……」

室町全家人從此成為千吉的靠山，夫人在妙子面前也刻意避提千吉的名字。到了夏天，室町先生開始深思熟慮，仔細評估，假使讓千吉這個來歷不明的年輕人成為自己的女婿，這項決定會引來多少社會輿論的抨擊。室町先生經常就公司裡狀況加上少許資料提示，指示千吉寫一份相關報告呈送上來。此外，室町先生強調英語會話的重要性，開始規定全家在某天晚上全都要以英語交談。妙子對照日期，發現千吉就是從那時候開始奮發用功的。

室町先生的性格是一想到什麼就會立即採取行動。某天，他驅車前往千葉造訪千吉父母，並且向這對驚訝的父母轉述關於千吉的近況，然後詢問了千吉與家人分開前的人品稟性。

「他是個認真的好孩子哪！」千吉母親說，「讀高中時學了點拳擊，但絕對沒有不良行為，功課也非常用功，在學校人緣很好，還會幫助弱小抵抗惡霸。這樣說自家兒子雖然不太合適，但這孩子有些豪氣，但也有點任性。他決定一個人過活以後，就要我們不必擔心，說要等到出人頭地才回來見我們，之後就沒了音訊。我想死了這個孩子嘍！但為了尊重他的想法，只好在這裡等到他出人頭地、飛黃騰達以後，再重享天倫之樂。」

千吉的魅力與討人喜愛使室町夫人開始猶豫，她徹夜未眠，思索著他的缺點。室町夫人原本計畫將女兒嫁給聞名的企業家，但經過她犀利眼光的審視，對大多數的豪門少爺都不盡滿意。左思右想，她終於想出了最佳的解決之道。

室町夫人想到的方法是，經常到妙子的店訂做衣服以拉攏關係，然後請妙子將千吉收為養子，冠上歷史悠久的淺野姓氏，再將千吉從享有爵位稱號的昔日貴族世家，迎為室町家的入門婿。這雖是一種過時的老方法，只要妙子真心為千吉未來的人生著想（何況他們已經對外宣稱是姨甥關係了），應該會答應的。

夫人一直把這個結論放在心裡，遲遲不知該如何啟齒。直到餐後水果送了上來，夫人探著妙子的表情，有些為難地說：

「有個請求……假如先讓阿千以養子的名義，入籍府上……」

聽到如此厚顏的央託，妙子手中舀甜瓜的小匙子險些掉落到腿上。

五十

類似室町夫人這種自私自利的要求，妙子其實應該見怪不怪了。她從事的高級訂製服裝生意，講究的就是討好女人的虛榮，所以有錢女人這種自我中心的心態，不應該嚇到她才對。

事實上，室町夫人如此赤裸裸的提議，還比其他人來得沒有心機，不至於令人反感。因此妙子也得以維持心平氣和，做出回應。

「那麼，您希望我怎麼答覆呢？萬一我拒絕呢？如果我說什麼都不肯放走阿千呢？」

「哎，那也無妨，畢竟這是您的自由嘛。」室町夫人相當灑脫且爽快地答道，

「若是那樣，我另有打算，畢竟我也不希望讓妳不幸呀！不過阿千前陣子信誓旦旦告訴我們，他雖然還和妳住在一起，可是已經不再有特殊關係了。」

「雖然不願意承認，但我們的關係確實已經病入膏肓了。」妙子的語氣像個認罪的囚犯。

「那正好嘛，給年輕人一點面子吧！」

「入籍敝宅，真的那麼有面子嗎？」

「那當然嘍！貴府可是鼎鼎大名的淺野家哪！」

忽然間，妙子想起一則最近聽來的消息。某一位開設大型小鋼珠店致富的老闆，一心一意要把女兒嫁給以前的貴族，最後送上大筆金錢當嫁妝，終於完成了心願。這個古朽的姓氏、這個自己厭惡至極的鎏金姓氏，如果能在這種荒唐的時刻幫上大忙，或許也是好事一樁。她穿舊了的草鞋，就送給千吉讓他千謝萬謝收下吧。

妙子向夫人敷衍了幾句後告別，回到店裡，後腦勺感到一股冷澈的疼痛。她既不傷心，也沒有生氣。

只是當她偶爾想到，千吉在室町家之所以連一句妙子對他的情愛都沒提起，想必是為了明哲保身；還有，他在室町家使出渾身解數的演技，不但勇氣可嘉也顯得可笑，這時她就必須與自己的寬宏大量展開一場內心的肉搏戰。不可思議的是，妙子對他居然完全沒有恨意；但是話說回來，妙子也覺得如果要殺了他，倒是可以毫不猶豫馬上動手。

沒顧客上門的空檔，妙子望向窗外，耀眼的秋陽灑落小小的中庭。秋天的陽光，真真實實就在那裡。無論發生了任何事情，社會和人類和自然，依舊待在各自的位置上。

她並沒有覺得一段感情遭到了背叛的那種浪漫的感觸，他們兩人早就從那個階段畢業了。自由是一切的毒因。可是反過來說，如果施以束縛，恐怕會更早瓦解。

然而，她一點也不覺得被聽子橫刀奪愛。她比誰都了解千吉汲汲營營於功名利祿，他只是使出一慣的手腕，感性地竭力施展其肉體的魅力作為一步登天的踏板罷了。從室町夫人今天的轉述當中可以知道，毫無疑問地，他根本不愛聽子。

妙子什麼都不想，心情甚至澄澈愉快，但也感覺到自己逐漸化為一團邪念的凝結物。

有一股看不見的火焰，在清朗如白晝的心中熊熊升起。

她好不容易熬到了傍晚打烊。一整天下來，工作居然沒鬧出什麼大差錯，簡直不可思議。

離開洋裁店，她立刻到附近的公共電話亭撥了電話到風信子酒吧。

「照子在嗎？」

「還沒進店裡。」

「那麼，我稍後再撥。」

這通電話就像一個害怕罹癌的患者，拚命打電話給醫生以求盡早放心。

妙子一個人走在六本木一帶的街上，與在深秋時節仍穿著搶眼純色襯衫的一對年輕情侶錯身而過。她從展示窗窺看一家專門賣給西洋人的古董店，從展示窗裡擺滿了斑駁的屏風、茶釜、木刻觀音像的縫隙間，瞥見店裡的昏暗電燈下一家人正在吃飯的情景。桌上擺著一只大鍋，熱氣氤氳。

妙子孤伶伶的，寒冷又沒有食慾，唯獨腦筋格外清晰。

她好不容易走到了另一座公共電話亭。

「喂，風信子嗎？照子到了嗎？」

「是，他來了。」

妙子頓時放下了一顆提得老高的心，險些癱軟在地。

「哦，是妙子姐呀，好久不見，您怎麼那麼久沒來呢？害我獨守空閨，難受死嘍！」

「我……聽我說，是SOS，來救我！」

照子馬上聽懂了。

「啊！真的？知道了，您趕快過來！如果店裡不方便的話……」

「嗯，去我們上次見面的那家咖啡廳比較妥當。」

五十一

妙子竟將一切希望寄託於一個在社會底層蠕動的人種身上，這種緣分真是太奇妙了。風信子酒吧附近那一家位於池袋西口的咖啡廳，早已習慣奇裝異服的顧客上門，不過，當一位優雅的夫人快步走向一個身穿和服裙襬綴有華麗紋飾、臉上施著淡妝的陪酒男侍已先入座等候的桌位時，還是有其他客人笑了出來。此時此刻，妙子很想緊緊抱住照子。

「先把來龍去脈講一遍吧！雖然我差不多猜得出來。」

在照子的催促下，妙子大致說了一下，但是相關的人名全都隱去沒提。

「真是欺人太甚！姐姐這麼愛他，居然竟敢背叛姐姐！」

這平凡的安慰，讓妙子險些掉下淚來。她現在終於明白，在東京這座城市裡，為什麼自己最想見的是這個陪酒男侍了。唯有在照子面前，她才能夠拋開世俗的體面，割捨對男人的不甘。不，不單只有這些，儘管照子像個女人，但是和他相處時，妙子甚至可以完全卸下在其他女人面前的武裝。

「我明白了。姐姐，快打起精神，再這樣唉聲嘆氣，可要丟咱們女人的臉呢！別擔心，有我陪著您呢。……光說話來安慰您也沒多大用處，我早替姐姐留了這玩意，就怕萬一發生這種事，到時候可以給姐姐用。這是最後一張王牌，一出手就能毀掉一切。只要把這個拿給他看，他一定嚇得全身發軟，跪在地上抱著姐姐的玉腿求饒呢！」

說著，照子從懷裡掏出一只西式信封，擱在桌上。妙子隨手取起，正準備拆封，被照子伸手過來攔下了。

「姐姐，您請聽好了，我有個條件。裝在這裡面的是唯一的殺手鐧，再也沒有第二個殺手鐧了，因為連底片也一張不漏，統統放在裡面了。……所以，希望您能慎重考慮。假如要用它來摧毀阿千，我免費送您用；不過，若是姐姐大發慈悲，打算為了阿千的幸福而燒了它，那麼請給我五十萬圓。您說，您挑哪一種？」

妙子這時已經明白信封裡裝的是什麼東西了，心頭突突直跳。若是接受照子的好意，免費收下後拿去報復，她的自尊絕對不允許。五十萬圓雖是一筆龐大的代價，如果作為用來挽救自己墮落到底的尊嚴，還是划算。

「讓你識破了。」妙子強顏歡笑。「我太心軟了，還是想讓那孩子未來能夠走上光明大道。所以，我給你五十萬吧。錢可以明天給嗎？我一定送來這裡。」

照子久久沒有回答。過了一會兒，妙子看到他的淚珠從眼眶湧出，再由誇張的假睫毛間沿著抹了粉的面頰滾落下來。

「我明白姐姐的心意了。您心地真善良。五十萬圓是騙您的，把它帶回去燒掉吧，不用錢，送給您了。算是我為您善良的心地，送上一點小小的禮物。」

他的淚水重重地擊中了妙子。妙子從來不曾感受到，自己這種中產階級式的想法在這一刻竟是如此醜陋。照子是受到妙子那純潔的心靈而感動落淚的。然而，就妙子的立場而言，幾乎等於欺騙了這位唯一站在她這邊的朋友。妙子找不到話來辯解了。她不作聲，恭恭敬敬地將信封收進手提包裡。

「謝謝你。」

妙子伸手按在照子這粉嫩少年的骨感手背上。妙子這句溫柔的致謝確實是發自內心的。

「別謝了，我也很高興。我以前也曾愛過阿千，愛得不得了。……只是，那傢伙，真的太可惡了！」

照子那少年般的薄舌，在那張慘白妝容下方的發青唇瓣之間，忽隱又現。

五十二

從以前到現在，妙子沒有一次撥過電話回公寓查勤。可是今晚假如還是自己一個人在家等千吉到天亮，妙子實在無法忍受，於是她在與照子見面的咖啡廳撥了通電話回去，千吉果然不在家。

照子勸她到久未光顧的風信子酒吧打發時間，妙子接受了這項建議。臨走前，妙子說要去化妝室補妝。實際上她想一個人在化妝室裡，把剛才沒有勇氣看的相片，一張一張拿出來慢慢看。

站在狹窄化妝室裡亮得刺眼的鏡子前，妙子擦了指甲油的手指，輕輕地探入信封的一隅。

她的手指抖個不停。第一張相片往外抽出半截時，那上面毫無疑問是千吉的面孔。那是妙子絕對不會錯認的面孔，也是妙子常在那盞昏黃的立燈下看到的那張面孔。他的頭靠在枕頭上，全身赤裸仰躺，粗獷的眉頭在歡愉中緊蹙，纖長睫毛的眼睛緊緊閉闔，嘴唇微微輕啟。那麼放肆的表情，並不是他平常睡覺時的表情。這充滿憂鬱、若有所思的神態，是千吉在特定的時刻才會出現的表情。

以這類相片來說，這張的拍攝角度似乎出自專家之手。千吉大汗淋漓的胸肌，以及凹凸分明的輪廓，無不清晰可見。妙子的手指慢慢抽出的這半截相片，除了躺在白色床單上千吉赤裸的上半身以外，其他什麼也看不到。妙子殘忍地、緩慢地繼續把下半截相片抽出信封外，霍然又跳出一個近距離拍攝的大特寫——像禿鷹頭部似的一顆光禿禿的醜陋後腦勺……

下一張，再下一張，每一張相片全是千吉和那個沒有以正臉示人的禿頭男子擺出各種各樣的姿勢。千吉都被直接拍到了正面，臉上的表情生動而鮮明。妙子仔細檢查過了，這些相片都沒有經過剪接和動過手腳的痕跡。

妙子在風信子酒吧裡滿室繚繞的菸霧中，愣怔望向千吉曾經工作過的吧檯。那裡換上了一個新來的俊帥酒保，正以高傲的態度回應著一個穿和服的陪酒男侍向他轉達酒飲點單。眼前的景象已經引不起妙子的興趣了。

坐在這裡，妙子聽著處處傳來包廂裡陪酒男侍們的嗲聲嬌氣，以及比一般酒吧更不知廉恥的酒客猥褻的奸笑聲，終於了解千吉心底的憧憬。清朗澄澈的秋空和心曠神怡的原野，都與這裡相距遼遠，遙不可及。她設身處地，彷彿像顛倒握著望遠鏡，從大鏡頭窺看遠方那個廣大的世界。白晝中平凡而美麗的世界，既小又遠，看起來像是一個映在肥皂泡表面上的世界。

「您在想什麼？」照子靠了過來。

「沒什麼。」

「我很想知道，姐姐今後該怎麼活下去呀？」

「沒大沒小！我更想知道你接下來有什麼打算？」

「我一輩子都要賴在這裡喲。愛上男人，被他拋棄，再愛一個，再被拋棄，最後攢點小錢買回一個小太保，然後那個小太保殺了我搶走那些錢。瞧，我這一生過得很幸福吧？」

「不考慮金盆洗手，找個人結婚嗎？」

「您的意思是和女人結婚嗎？」

「當然是女人呀！」

「天呀，太噁心了！要我和女人一起睡覺，不如死了來得好！」

照子這一晚開朗中含有自暴自棄的宣告，給妙子帶來了某種感動。聽到一個安安穩穩坐在這座地獄裡的人說出這些話，相較之下，妙子根本算不上遭罪。

妙子唯恐這時候喝了酒會妨礙接下來的計畫，完全不碰含酒精的飲料。在她清醒的腦海一隅，偶爾會閃現剛才那些相片上的影像，但她一點也不覺得骯髒和醜陋。目睹自己心愛的男人被拍了那種相片，任何一個女人都會嘔吐。可是妙子是在知道一切真相的前提下仍然深愛著千吉，不能因為區區幾張相片就看不起他。何況那是很久以前的相片了。

妙子思索，假如一個人失去了感知醜陋的感官，即便面對世上最醜陋的東西也不為所動，會有什麼樣的結果呢？總而言之，從愛上千吉的那一瞬間開始，妙子已經變成另一個女人了。

街頭樂隊走進了酒吧，輕浮的聲音唱著歌曲，酒客和陪酒男侍紛紛隨著樂聲唱了起來。

無情的人　無情的話語
隨著秋涼夜風刺痛我心
至少為我的裸肩披件東西吧

不必貂皮大衣
只要一句溫柔
是啊 「再見」也好 「再會」也罷
我心足矣

大家一起合唱最後一行反覆的部分。
是啊 「再見」也好 「再會」也罷
我心足矣

一個作詞家竟能寫出如此哀怨的歌曲，妙子真想看一看他的長相到底多麼卑微。她突然悲憤交加，起身走到櫃臺旁拿起電話。電話響鈴戛然而止，隨即傳來千吉的聲音，她有種獲救的激動。

「哦，你在呀？」

「唔。」

「等下又要出門了嗎？」

「沒有。如果會造成不便，我就出去。」

「不用了，我現在就回去。……肚子餓了嗎？」

「現在還好。」

「就算想買點吃的，這時間餐廳也都關了……」

妙子不敢相信自己竟會說出這種婆婆媽媽的嘮叨。這時她才想起今晚還沒吃飯，但一點也不覺得餓。自從那頓備受煎熬的午餐以後，妙子簡直忘了世上有種東西叫作食慾。

五十三

妙子很滿意自己能面帶著微笑，走進家裡。

穿著淡棕色喀什米爾羊毛外套的千吉正在大嚼花生米，胸口點點散落薄透的花生膜。他把腳翹在長椅的一側，頭垂得低低的，邊吃邊掉在胸前。

妙子明白千吉裝出一副墮落樣，其實心裡充滿極度的焦慮不安，急著想聽妙子告訴他今天與室町夫人午餐談出的結論。她打算多折磨他一些時候。

「最近忙得沒時間看電影，今晚一個人去看了。」

妙子在他對面坐了下來，說了謊話。沒想到千吉信以為真，馬上接口：

「看了哪一部？」

「安妮塔・艾格寶的《夢中女》，難看極了。」

「是哦？風評不錯啊。」

「評價過高了。」

「人多嗎？」

「還好。」

「這部片子已經上映好一段時間了。」

「是呀。」

電影的話題就談到這裡了。千吉不停轉動電晶體收音機的選台鈕，一下子傳出爵士樂，一下子聽到對口相聲，然後又是英語講座，各種聲音的紛亂片段衝入耳中，最後千吉終於關上，屋裡陷入了沉默。

「妳一個人去？」

「什麼？」

「沒什麼，我只是想問妳向來一個人看電影？」

妙子心想，他還真會轉移話題。

「有時候一個人去，有時候兩個人去，看情形。就算不是自己一個去，那又怎樣？」

妙子驚覺自己語帶諷刺。這時候得心平氣和才行。

「一個人去或兩個人去，都無所謂吧。」

屋裡的兩個人，從沒像今晚這般感覺遠方傳來的電車行駛聲和汽車喇叭聲，竟是如此尖銳刺耳。

「最近沒什麼有意思的酒會了。以前常到私人的住所飲酒狂歡，這陣子大家都忙，真想念他們。」

「就是說啊……該認識的也都認識了。」

「該一起上床的也都上床了……」

「一切都結束嘍。」

千吉把花生米嚼得嘎嘣作響，輕鬆自在地說出「結束」這個字詞。

妙子的本意是岔開話題讓千吉著急，可是愈講愈沒有勇氣轉回正題，只敢來來回回兜圈子。事情都到了這種地步，她哪裡還需要什麼勇氣呢？根本只要伸出手指頭輕輕一戳，那座顫巍巍的積木高塔就會瞬間崩塌了。

「今天呢，室町夫人請了頓午餐。」

「聽說了。」

千吉這種既已知道就不再隱瞞的態度，說他耿直也對，說他倨傲也行。

「你主演的那場精彩好戲，全都聽說了。」

妙子用了挑撥的語氣，千吉的反應卻意外誠實。

「一生難得挑大樑的大戲成功了。」

「人生果然不能放棄嘗試。」

「沒錯。一個人想要得到幸福，非得努力不可。」

「你說得對極了！」妙子跟著搭腔，笑了出來。「室町夫人要我把你收為養子。你不覺得這個想法很有意思嗎？」

「這個想法很有意思。」

「我若是一口答應，可就瀟灑極嘍！」

千吉今晚首次抬起眼，打量妙子有何盤算。他扭著屁股挪了挪身軀，隨手把掉在胸口的花生膜撣了撣，在長椅上盤起腿來。

「那麼……妳……嗯，應該不排斥讓人覺得瀟灑吧？」

「是不排斥。」妙子又笑了起來。她很高興自己這時候還笑得出來。「的確不排斥。」

「那就萬事ＯＫ了，握個手吧！」

說著，千吉把沾在手上花生膜交互拍落，向她伸出了一隻手。那隻手是為了握手而伸出來的，看起來卻宛如想在空中捉住什麼似的。妙子望著這隻粗大的手，彷彿看見他總是一次次強取豪奪別人生命裡的果實。

「事情會那麼順利嗎？」

「別賣關子啦！」

兩人在簡短的對答中仍面帶微笑。剎時，千吉眼中精光一閃。妙子很明確地感受到，千吉很可能已經準備好要在今晚殺了她。妙子用來防衛的武器還收在手提包裡。她以指頭把手提包勾到腿邊，露出微醺的眼神凝望著千吉。

在她眼前的是一個自己過了大半輩子才終於愛上、而對方卻極盡所能地用不忠來傷害她的男人。他的計畫與惡意顯而易見，容不下任何模糊的想像空間。

而這也帶給此時的妙子最後一個夢想。今晚的千吉，像極了兩人相遇那一晚的千吉。他們終於成為一對不再有任何虛矯，也不必有任何隱瞞的眷侶。從一開始，妙子就不帶著任何幻想愛上了這個年輕人，也就是愛上了他最不堪的那一面。她絕不是由於這個男人的俊美而心動，而是疼愛他的低下卑賤。對他的幻想是之後才出現的。現在回想起來，妙子其間擺出一副教育者的姿態，對他們的關係形同白白繞了一大段遠路。

她只看到有個年輕人穿著毛衣盤著腿，沒規矩地懶倚在長椅的靠背上，就和街上其他年輕人沒有兩樣。金錢、安逸、僥倖得來的地位，以及根本不愛的女人。除了這四樣以外，這個無欲無求的年輕人再也沒有任何野心了。為了得到想要的，他毫不在意地做出欺騙與背叛，然而他的本質其實和在大街上閒逛的許多年輕人完全一樣。一個小鋼珠狂。瀟灑。對肉體性關係的絕大自信。始終如一的傲氣。……從第一次相遇，這些都沒有絲毫改變。

（就是現在了！）

妙子心想。就在這一刻，她同樣可以讓一切從頭開始。多虧拿到了這批相片，妙子得以與千吉擁有相同的力量，也變成相同的卑微。她憧憬已久的情況，就在這一刻終於達成了！

「有件東西讓你看。」

妙子取出信封的手不停地顫抖。

「什麼東西？」

千吉伸向她要接過來的手顯然也相當緊張。

「不行！不能給你！只可以遠遠地看一張。」

妙子站起來，非常謹慎地先把門打開。

「妳要去哪裡？」

「先做好逃命的準備。」

「不准開門！」

千吉彷彿有預感地大喊。他想從椅子上站起來，可是自尊心不允許，又彎身坐了回去。

「只可以遠遠地看喔！你看，這張相片是什麼？」

千吉看了一眼立刻明白了，臉色倏然煞白。他沒作聲，半晌過後才勉強擠出一句話：

「那東西今天拿給室町夫人看了吧？」

「不，還沒給她看呀。」

「還沒？這話什麼意思？」

「想讓她看的話，隨時都可以請她慢慢看個夠嘛，何必急於一時呢？」

千吉坐在椅子上不停挪動著身軀。看到他身體一直微微發抖，妙子開始怕了起來，但又瞧不出對方有準備攻擊的跡象。只見千吉握緊拳頭，喃喃自語：

「混帳……混帳……竟敢藏起來……到了這個節骨眼才拿出來！……是誰幹的……我已經知道了……混帳……非宰了他不可……」

「你想殺誰？」

妙子背後就是門。她很驚訝自己居然還能從從容容問出這句話。

「不是妳！」

「我想也是，殺了我可不划算。不過，只要把這個送到室町夫人手上，你就別想結婚了。我呀，如果決定要送就真的會送到她的手上喔！你知道嗎？我就是那種女人。你真的知道嗎？」

「我知道啦！……妳要我怎麼做？」千吉低著頭思索良久，等他抬起頭來，已經換上了一張天真的臉孔。「交易嗎？」

「我才不做交易呢！」

「妳到底要什麼？」

「只是給你看一看而已。送去那邊之前，先知會你一聲，沒別的要求了。可別誤會喔，我既然做了這種事，就沒打算挽回你的感情了。我可不是那種傻女人，知道嗎？」

「我知道。」

千吉像鸚鵡學舌般照實回話，接著又再度念念有詞：

「到了這個節骨眼……居然拿出這種東西來……混帳……之前到底藏到哪裡去啦！」

「又在自言自語了？」

妙子非常殘忍地奚落他。

千吉忽然一改態度，一屁股坐下地面就往地毯叩頭請罪，並且縱聲大嚷：

「我輸了！求求妳，求求妳把那些相片給我，我向妳磕頭啊！如果不給我，我就完啦！」

「又在演戲了嗎？」

「這不是演戲！」千吉微微抬起臉來，整張臉冷汗直淌，妙子從未看過他如此可悲的表情。「這真的不是在演戲！妙子，我錯了！求求妳，不要把我這輩子毀掉。我一直羨慕有錢人家能過那種好日子。現在這種亂七八糟的生活，並不是我真心想要的，我很想安分守己過日子啊！妙子，妳想想看，若能出生在有錢人家，我根本不必去做那麼下賤的事，也犯不著鬼話連篇了。我一踏進室町家，就被那棟豪宅給迷住了，哪怕使出一切手段，都非得住進那棟房子，過一過正正當當的富裕生活不可！我根本沒把那家的女兒放在心上，只是再也不想待在這種見不得人、暗無天日的生活裡罷了！」

「既然如此，只要認真工作，憑著自己的力量功成名就，不是很好嗎？」

「少欺負人！別再酸言酸語挖苦我啦！我的才能只有這一招，我會的也只有這一項而已！」

「哎喲，你太謙虛嘍！」

「自從老爸一蹶不振，我就對自己發誓，到社會上打滾時，絕對要保持冷漠，千萬不能激動。我告訴自己，不管做了多麼骯髒的事，只要當時心裡沒有熱情，就不是罪惡。對任何事都沒有熱情，就一定會成功。只要能夠切實遵守這個原則，總有一天，我就可以爭一口氣，讓那些熱血沸騰拚命力爭上游的傢伙們嚇破膽！我想法一點都沒有錯！這些日子以來，我心裡從來沒有熱情，事情也都如願進展了。只差那麼一小步就到終點了，不要在這時候折磨我了！萬一把我惹怒了，說不定會激起我的熱情！」

「我倒想見識見識，你有熱情時是什麼模樣呢！」

說這句話時，妙子已經冷靜下來了。如同千吉所說的，妙子有自信能以一顆冷靜的心來處理所有的事情。

妙子看穿了千吉說的「萬一把我惹怒了」只是一句恫嚇，他已經沒有那種勇氣了。

到底發生了什麼事呢？

妙子視野裡的霧霾倏然一掃而空，任何事物瞬間看得一清二楚了。

一切變得透明清澈，難以理解的事一樁也沒有，所有的謎題不再具有任何魅力。她放眼所及，再也看不到任何一件不透明清澈、讓她心煩意亂的事了。

為什麼自己能把事物看得那麼清晰透澈呢？她了解千吉剛才說的確實是肺腑之言，他那幼稚、膚淺的人生觀，頂多是常見的懶學生胡謅出來的淺薄哲學，這段陳述頓時讓他這個人變得毫無價值。那像是用歪七扭八的筆跡奮力寫出來的答案，而妙子儼然是位睿智的老師，當下就評了個四十五分的不及格分數。

（自從認識以來，現在是他最正直的時候了。他深信自己做的每一件事，全都歸功於自己的哲學；然而事實上，他只是按著直覺行動而已。……哎，話說回來，這是多麼可悲的正直哪！對任何事都不思慮，原本是他唯一的魅力哪！他的魅力就是擁有一扇沒有門牌的門，然而現在卻親自在門牌上，用歪扭的字跡寫下了自己的姓名。他本來只活在當下，現在卻打算凡事都按照自己的計畫進行。他親手摧毀了自己的優點，並且對此渾然不覺！）

妙子心裡第一次產生了憐憫，她對千吉從來沒有這樣的情感。以前為了保有千吉桀驁不遜的魅力，她始終禁止自己產生這種情感，而今那道禁錮已經解除了。

下一瞬，妙子終於恍然大悟。原來她過去深愛的，根本只是自己製造出來的幻影而已。

「好吧，那就如你所願。過來這邊。」

妙子溫柔地對他說，並且起身走進了廚房。

千吉隨她走到廚房門口，但不敢繼續往前走，只面露驚恐之色，望著妙子扭開瓦斯爐那隻冷靜的手。

「來，自己燒吧！親手燒掉自己的過去，這樣才痛快！你也看到了，原版底片也在這裡，這些就是全部了。」

妙子把信封裡的東西全都掏出來攤在瓦斯爐上。

千吉像一隻突然獲得了豐盛食物卻又心存疑慮的野狗，提高戒備，慢吞吞地走向瓦斯爐，緊繃的情緒讓他還無法露出喜色。

瓦斯燃起青色的環狀火焰，安安靜靜地浮在兩人中間。

「我教你怎麼燒。聽好嘍？一張，再一張，仔細看了以後才可以燒，不可以急著一把燒掉喔！」

千吉按照她說的，拿起一張，面無表情地看著照片，然而那是他竭力裝出來的面無表情。妙子心裡明白，從相片正面升騰而起的黑暗壓力，朝向他的面孔用力撲擠。

「還不可以放下去喔！還不行！……看清楚了吧？……好，可以燒了。」

他拿一張放進火裡，相片上迅即竄出一條盤旋的火龍。就在相片縮成一團灰燼的剎那，相片正面泛著光澤的局部，閃爍著千吉若有所思的神情。

再一張，又一張。妙子十分嚴謹地要求他必須慢慢燒掉。相片燒光了以後，接著將底片燒毀。廚房充斥著怪異的臭味和灰霧，兩個人的眼睛都布滿血絲，盈滿淚液。

全部燒完了。千吉拈起一把灰燼，緊緊握在掌心。

他望向妙子的眼睛，猛然激動地抱住妙子。這突如其來的動作，妙子根本來不及閃躲。

這是千吉第一次如此冒失、絕望與激情地擁抱妙子。他不停哭泣，邊哭邊像夢囈般在她耳畔絮叨著：

「謝謝……謝謝……我愛妳……我真的愛妳……我是真的愛著妳……我愛妳……我一直愛著妳……」

他瘋狂地索求妙子的唇，但妙子卻絕不讓他得逞。好不容易妙子才掙脫開來，一面撥攏被弄亂的頭髮，一面告訴他：

「走吧，從今天晚上起就不能住在這裡了。白天可以到店裡來，領養的手續明天就幫你辦。但是，你必須答應我，以後絕對不可再到這裡了。我會把你的行李整理好，送到你的新住處去。」

千吉似乎沒有預期到會聽到這些話，全身發僵。

「你該回去了。不過，現在要你回去，恐怕也無家可歸，今晚去住旅館吧！」妙子邁開腳步去開門。「我答應給你一個臨別之吻，但是門還是要開著喔！」她的語氣十分決絕。

五十四

年增園十一月份的聚會，妙子建議換個方式，改成白天找個地方野餐，但是豐島園未免太近了，於是提議去向丘遊樂園。信子和鈴子其實提不起興致到那種地方玩，但她們能體諒妙子這陣子的心情，因而爽快答應了。

那是一個溫暖如小陽春的美好午後，車子由妙子提供。雖然途中屢次遇上塞車，三個女人恰好利用冗長的行車時間聊個暢快。

妙子心情已經開朗，肌膚也透出了光澤。信子和鈴子立刻察覺到妙子的變化，對她說些嫉妒又羨慕的恭維話。對於大家顧忌著不敢接觸的話題，妙子也毫不介意地主動提起，而且話中沒有一絲牽強或裝腔作勢，連信子這位影評家也由衷佩服。

「妳根本是個天才！聽妳剛才講了那麼多，簡直讓人不敢相信！我們還同情妳呢，想起來像是受騙了。妳還是快教教我們吧，該怎麼做才能像妳這樣恢復青春美麗呢？」

「那可不行！這是影評家絕對不懂的藝術祕密。」

妙子的語氣太愉快了，聽起來甚至帶著幾分促狹。

另兩個人發現妙子根本不如想像中需要安慰，心情也輕鬆了不少。自戀的鈴子馬上又把焦點放回自己身上了。

「喜歡胖女人的男人，體型通常又瘦又高，所以我反而得天獨厚。最近有個年輕的爵士歌星很愛慕我哦！可是我故意不答應他，上回他還送了一對漂亮的舶來品耳環給我呢！我們只接吻過一次，我還是頭一次吻到那麼甜蜜的年輕嘴唇呢！會不會是因為他總是唱甜蜜的歌曲，所以連嘴唇也變得甜蜜呢？那個男孩真是的，對年輕的女歌迷，連瞧都不瞧一眼呢！」

「那男孩一定有戀母情結。嘴唇甜，應該嘴裡是常含著糖果的緣故吧？」信子語中帶刺地說。

車子開過二子多摩川的鐵橋後右轉，穿過已經枯凋的果園，又從久地車站前面經過，不一會兒，她們就看見向丘遊樂園空中纜車的鐵塔了。

心臟不堪負荷爬樓梯的鈴子頻頻哀求去搭纜車，卻遭到信子和妙子無情的反對，決定要沿著剛蓋好大型花鐘、噴水池和瀑布的大階梯拾級而上。

「讓我在這裡休息一下嘛，一分鐘就好！」

她們聽從鈴子的央求，在階梯上俯瞰著遠方已是滿山黃葉，透著初冬氣息的武藏野的村莊。

「如何?不覺得到空氣清新的地方，挺好的嗎?」妙子讚賞了自己的提案。

「還算不錯吧……」一點也不喜歡大自然的鈴子不情不願地說。

妙子想了一下，和千吉交往的期間真正接觸過大自然，只有到熱海的那趟旅行而已。

陽光耀眼，爬上小山丘時已是香汗淋漓了。三人慢條斯理走向遊樂園，視線被假山下的滑水道招牌吸引住了。

「我們去搭那個嘛!」信子忽然興高采烈地嚷嚷起來。

老實說，三個人當中，最孩子氣的或許是信子。

看到三位衣著貴氣的女客人前來搭船，駕駛滑水道小艇的船夫嚇了一跳。當小艇衝下陡坡時，鈴子先發出了尖叫。妙子正想數落她叫得太早了吧，結果話還來不及出口，小艇已經以加速度掉落水池了。小艇的船底宛如猛力撞上堅硬的水面似的，濺起了高高的水花，全身被水花裹住的船夫順勢往上一跳，旋即雙手往外一展，以優美的姿勢落在船頭立定了。

妙子的臉龐雖然也濺上了少許水珠，但還不至於得掏出手帕擦抹。船夫搖著船槳，載著她們由汙濁的池水慢悠悠地靠向暗紅楓葉的岸邊。

「我們剛才彷彿衝過了一道難關，對吧？那就是我的心境。」妙子說道。

還沒有從震撼中回神過來的信子和鈴子仍然死命地握住座位的手把。她們不太了解這句話的意思，一齊望著妙子的臉。

「妳最勇敢了，一點都不怕。」信子不禁對她說。

「那當然，我已經從學校畢業了！」

說著，妙子挺起了穿著合身套裝的胸膛。

肉體學校

作　　者　三島由紀夫
譯　　者　吳季倫
主　　編　呂佳昀

總 編 輯　李映慧
執 行 長　陳旭華（steve@bookrep.com.tw）

出　　版　大牌出版 / 遠足文化事業股份有限公司
發　　行　遠足文化事業股份有限公司（讀書共和國出版集團）
地　　址　23141 新北市新店區民權路 108-2 號 9 樓
電　　話　+886-2-2218-1417
郵撥帳號　19504465 遠足文化事業股份有限公司

封面設計　Bianco Tsai
排　　版　新鑫電腦排版工作室
印　　製　成陽印刷股份有限公司
法律顧問　華洋法律事務所　蘇文生律師

定　　價　380 元
初　　版　2017 年 9 月
三　　版　2023 年 11 月

電子書 E-ISBN
9786267378137（EPUB）
9786267378144（PDF）

國家圖書館出版品預行編目資料

肉體學校 / 三島由紀夫 著 ; 吳季倫 譯 . -- 三版 . -- 新北市 : 大牌出版 ;
遠足文化事業股份有限公司 , 2023.11
304 面 ; 14.8×21 公分

ISBN 978-626-7378-15-1 (平裝)

861.57　　112017472